ドラッグの品格

世界の精神変容愛好者による
奇妙な会話

長吉秀夫

ビジネス社

はじめに

今、多くの国で、社会秩序を乱し健康を害するドラッグが深刻な問題となっている。もちろん、日本も例外ではない。ドラッグ禍に苦しむ国の事情は様々だが、実は日本の場合、戦前の日本軍が見張り番や夜間監視のため開発した覚せい剤によって、戦後、多くの国民が中毒患者となった。その問題が現在までつづいているのだ。

それだけではない。昭和の高度経済成長期につくられた社会システムが崩壊したため、一握りの既得権益層、急激にビジネスや投資で成功した者などを除いて、現在、ほとんどの国民は閉塞感に満ちた社会を生きている。

このような社会に希望を見出せない者、まじめに生きることがばかばかしいと思った者たちが次々とドラッグに手を出しているのは、本書を手にとった読者ならばご存じだろう。

僕は今のところ、日本のドラッグ問題について極めて悲観的に考えている。

日本人は諸外国人のように、社会に対する不満をデモや政治活動で表現することが極めて少ない(原発デモ以降、やや状況の変化を感じてはいるが)。また、問題が生じた場合、社会に原因を求めるのではなく、「悪いのは自分」という自己責任論で問題を収束させがちだ。

そのため今後は、社会に適応してきた人たちが、ふとしたきっかけで経済的心理的に転落し、浮上する兆しがみられないプレッシャーに耐えられずドラッグに手を出してしまう、そんなケースが増えてくるのではないかと危惧している。

また、まったく逆の理由で、すなわちビジネスや投資の成功によって急激な収入増を実現した20~30代前半の人たちが、享楽的になりドラッグに手を出す、そんなケースも増えてくるだろう。

貧困層と富裕層、立場はまったくくちがえどそれぞれのニーズにより、日本のドラッグ問題はこれから加速していく可能性が高い。もちろんこの背景には、ドラッグ供給側の事情もある。どういうことか。

暴力団排除条例の推進をきっかけに、闇社会のバランスが変わってきたため、覚せい剤や脱法ドラッグ(法律では禁止されてはいないが覚せい剤と同じ成分を有す)だけでなく、最近の日本では見られなかったヘロインやコカイン、強烈な脱法ハーブも、闇ルートを経由して社会に入ってくることが十分予想される、ということだ。

実際、「コカイン約80キロ（48億円相当）が入ったリュックサックが、神奈川県横須賀の海岸で発見された。神奈川県警薬物銃器対策課によると、近くの住民が海岸に打ち上げられた四つのリュックを発見し、横須賀署に通報。中に厚紙に巻かれ、ポリ袋に入った白い塊計78個が入っていた。同課は、海に投げて回収する方法でのコカインの取引に失敗した可能性があるとみている」（２０１３年11月21日、朝日新聞夕刊）という事件がおきた（コカインは覚せい剤に比べグラム当たりの末端価格が5～10倍と高いので、この水揚げに失敗したコカインは、ビジネスや投資の成功によって急激な収入増を実現した20～30代前半の人たち向けだろう）。

脱法ドラッグ、脱法ハーブ使用者が引きおこす事件もたいへん増えている。そのような社会状況を背景に、『週刊文春』２０１３年11月28日号は、国民的アイドルグループを育てた総支配人の、脱法ハーブ吸引現場写真を巻頭グラビアで掲載した。

このように、日本は非常に危ういドラッグ社会の到来を目前にしているのに、多くの日本人のドラッグ知識は驚くほど低い。

——興味をもたれて、ドラッグに手を出されては困る。

日本社会がドラッグについて情報提供することに消極的なのは、そんな理由からだろう。しかし、情報を封じ込めれば、事態は逆となる。

「うつ、いじめ、パワハラ、失業、長時間労働などの苦しい現実から逃避したい」「過酷な現実から抜《ぬ》きんでて成功者となったのだから、とことん快楽に耽《ふけ》ってやる」……そんな人たちを自制させるだけの、リアリティある情報が驚くほど少ないから、彼らは真っすぐドラッグに向かってしまうのだ。

今こそ日本人は、ドラッグとはどういうものなのかもっとしらなくてはならない。それが、日本のドラッグ問題に対する一番の備えになる。僕はそう思っている。

そこで本書では、僕が世界中のドラッグ使用者と交わした会話——ドラッグとは何なのか、各種ドラッグ使用者たちはお互いのことをどう思っているのか、使用するきっかけは、どんな精神変容があり、つづけているとどんな身体的問題がおきるのか、ドラッグをキメていても仕事はできるか、やりたくないドラッグはなにか——などを基に、彼らの素顔を明らかにしたいと思う。

具体的には、あるゲストハウス（安価な簡易宿泊施設）のラウンジで、偶然出会った各種ドラッグ使用者たちが交わす会話、という設定で話を進める。

この設定であれば、僕が世界を旅して出会った覚せい剤使用者、ヘロイン使用者、LSD使用者、大麻使用者などの会話をすべて活用できると思ったからだ。

手前味噌ではあるが、本書は、20年以上にわたって20種類以上のドラッグ（精神変容植物を含む）を体験し、世界中のドラッグ使用者と接してきた僕にしか描けないものだと自負している。

このように言うと読者は、僕が何者で、どんな世界旅行をしてきたか、どんなドラッグを経験してきたかしりたくなると思うが、書きだすと長くなるので、それについてはあとがきに譲るとしよう。興味のある人は読んでほしい。

それでは早速、代表的なドラッグを愛好している使用者たちの、身も蓋《ふた》もなく、バカバカしく、最低で異様な会話のやり取りを通して、ドラッグの本質に迫っていこう。彼らの会話を聞いてバッド・トリップしないよう、気をつけてくれよな！

ドラッグの品格　目次

第1章　覚せい剤

第2章 ヘロイン

第3章 LSD

第4章 大麻

第5章 エピローグ

おわりに

〔主な登場人物〕

宿のオヤジさん（スペイン系アメリカ人　ＬＳＤ使用者　65歳）
早見キメル（日本人　覚せい剤使用者　37歳）
オピウム・ワン（オランダ人　ヘロイン使用者　42歳）
カナビス・ガーベイ（ジャマイカ系移民　大麻使用者　17歳）
ウィッチ・ドクター（年齢、国籍不詳。謎の女性呪術師）

〔舞台〕

ある、南ヨーロッパの安いゲストハウス。時間は15時過ぎ。ラウンジには、世界各国の各種ドラッグ使用者たちが集まっている。オープンテラスのこのラウンジからは、道行く人たちの姿も見ることができる。

このゲストハウスは、オーナーやスタッフからもドラッグを入手できるし、ラウンジでは多くの人たちが、ドラッグ情報を交換している。つまりここは、世界のツーリストたちによくしられた「ドラッグ・ハウス」なのだ。

午後になったので、この街に到着した新たなツーリストを迎える準備がゆっくりとはじまっている。ゲストハウスのラウンジは、そんないつもと同じ昼下がりを迎えようとしていた……。

第1章

覚せい剤

早見キメル

勤労

東京からきたシャキシャキ男

昼の太陽が西に傾きはじめた。

表通りに陽射しが降りそそぎ、木々や家屋の影が路上にくっきりと浮かびあがる。

ゲストハウスが立ち並ぶ表通りでは、多くのツーリストを送りだし、新たな旅人を受け入れる準備がおこなわれていた。午後から夕方にかけてのこの時間は、一日でもっともゆったりしたひと時である。

ストリートの外れにあり、物語の舞台となるこのゲストハウスも他店と変わらない。ランチタイムを終えた若いスタッフが、オープンテラスのある食堂で、ラスタカラーのニット帽をかぶった青年と雑談をしながら準備をはじめている。

20名も座ればいっぱいになってしまう食堂のスペースには、形の異なる木製テーブルが五つ設えてある。どれも良く磨きこまれていて、それぞれのテーブルの上には小さな花が飾られている。古い建物ではあるが、細かな調度品一つひとつまで丁寧に手入れされているのが好ましい。

食堂のカウンター奥の階段からゆっくりとした足取りで男が降りてくると、カウンター横の一番奥まったテーブルに座った。

「よう、オピウム。今日はやけに早いな」

大柄で顔中に立派な白髭を蓄えた宿の主が、グラスを丁寧に拭きながら声をかけた。

「ああ、ちょっとね。オヤジさん、いつものちょうだい」

肩まで届く長い髪を右手でかき上げたオピウムは、椅子《いす》の背にもたれながら軽く伸びをすると、ラスタの青年に軽く手を上げて挨拶をする。無精髭がうっすら伸びた頬はこけて、よれたTシャツから首筋の鎖骨が浮かび上がっている。白人とも東洋人にも見える彼はなにも話さず、テーブルの花をじっと見ている。

お約束になっている飲み物をスタッフがテーブルに置いた。

「待ってるのかね」

「ああ……わからないけどね」

「だろうな、気まぐれだからな」

宿のオヤジがカウンター越しに笑いながら、グラスを手に取り再び拭きはじめる。

オピウムはティーカップにたっぷり入った熱いミルクティを一口啜《すす》ると、椅子にもたれながら、ゆっくりと目を瞑《つむ》った。ホールにはまた、静かな午後の時間が流れはじめる……。

「じゃーん。と・う・ちゃ・くー!」

突然正面の扉が勢いよく開くと、男が静寂を切り裂くように大声を挙げながら入ってきた。スタッフと青年はおしゃべりを止め、一斉に扉のほうへ目を向ける。男は奥にあるカウンターの近くまでずんずん歩み寄ると、担いでいた大きなバックパックをテーブルの上にどっかりと置き、椅子に座った。そして、サイドポケットに刺したペットボトルの水を一気に飲み干し、辺りを見渡した。

「ふ〜っ、やっと着いたよ」

今度はひとり言ではなく、男はカウンターの中にいる宿のオヤジに向かって言った。

「いらっしゃい。なんにする?」

「ああ、ストレートのアイスティをくれよ。ここは泊まれるんだよな?」

「もちろん。ここはあんたが赤ん坊のころからのゲストハウスだからな」

「言ってくれるねー。ここは有名だからなあ。俺だって、ここを目指してわざわざ東京からきたんだぜ。何十時間もかけて」

「それはどうも」

オヤジは無表情のまま、大仰に布巾を持った右手を胸に当てる。

「で、何泊の予定だね。生憎、海側の部屋はいっぱいだが、それでもいいかい？」

「ああ、別に景色を眺めにきたわけじゃないから、どこでもいいよ。とりあえず一晩泊めてくれ」

オヤジが目で合図すると、スタッフがノートとペンを片手に近づいてきた。

「パスポートを見せて」

男は服の中に手を入れ、胴巻きの中からパスポートを取り出すとスタッフに渡した。スタッフは名前とナンバーを書き写すと、そのノートを男に差し出した。

「早見キメルか。ここにサインを。前金だよ」

早見は書かれた内容を注意深く読み返すとサインをし、金と引き換えにキーを受け取った。

「部屋は今準備中だ。４時過ぎには入れる。荷物は預かっておくから、それまで散歩でもしてくるかね」

アイスティの入ったグラスをカウンターに置きながら、オヤジは言った。若いスタッフが運ぼうとするのを手で制しながら、早見はカウンターに歩み寄る。

「いや、観光はいいいんだよ」

カウンターのアイスティに手を伸ばし一口飲むと、今度は少し声をひそめ、

「実は、人に会うためにきたんだよ。今日、この宿にそいつがくるって聞いてね。で、わざわざ東京からきたってわけだ」

と言って、早見はオヤジの表情を注意深く読み取ろうとする。

しかし、オヤジは無表情のままだ。

機内のトイレで一発キメて、手ぶらでここまできたってわけ

「まっいいや。ここは世界でも有名なドラッグ・ハウスだからな。どんなドラッグも手に入るって東京でも有名だぜ。正直言うと、俺、ここに憧れてたんだよなあ。いつかきたいってさ。だから、仕事や金のやり繰りして、やっとここにこれたんだよ。やっとな」

「それはありがたいな。で、」

オヤジはゆっくりと顔を上げ、早見の眼を見た。

「なにが欲しい？」

早見は少し表情を強張《こわば》らせながら、東洋人独特の無表情になった。

「極上の覚せい剤を」

「アンフェタミンならあるが、どうかね」

「メタンフェタミンはないのかい？」

「メスか。今、ここにあるのは、錠剤のアンフェタミンだけだな」

「だめだめ〜。オヤジさんわかってるくせに。覚せい剤といえばメタンフェタミンでしょう。メスじゃないとダメなんだよね。効き目が全然ちがうよ。しかも、俺たちはメスなんて呼ばない。シャブだよ、シャブ。今日はここに最高のシャブがくるっていうから、俺はわざわざ東京からきたんだ。ないなんて言わせないよ〜」

おおげさに両手を振ると、早見は椅子に座り、

「とにかくここまでくるのは大変だったんだ。いや、東京でもシャブはもちろん手にはいるよ。極上もんだってある。だけど、そのほとんどはアジアやアフリカ産だ。一時期、国内でもオウム真理教がつくったって噂のブツがあったけど、あれは極上だったらしいよ。

もっとも、ピュアに効きすぎて物足りないって奴もいたけどな。わ・か・る・か・なあ～。混ぜ物がちょっとだけ入ってたほうが効くって奴が多いんだよね。安息香酸ナトリウムカフェインっていうのを混ぜるんだよね。アンナカとかアンコなんて呼ぶこともあるんだけどさ。これが入ると、なんていうかからだがソワソワするっていうかムズムズする感じで、いわゆる『下《シモ》に効く』とか『シモネタ』なんていうやつだよね。それが好きな奴はたくさんいるけど、俺はやっぱり、ピュアな極上ものがいいなあ～」

自分の言葉に納得したように、うなずいた。

「で、今はほとんどが外から入ってくるその極上ものを、極上のルートであるこのゲストハウスで手に入れようと思って、わざわざここにきたってわけ」

オウムと言われてもなんのことやらわからない、そんな顔をしているオヤジを無視して、

「しかし、俺もどうしようかと迷ったよ。いや、ネタをこっちに持ってこようかどうしようかってね。そのために体調も整えてさ。本当だよ。なるべく寝られる時には寝るようにしたり、ちゃんと飯食べたりね。そんなことを10日くらいやったわけよ。シャブやるには、体調管理も必要だからね。だって、旅の途中でヨレちゃって、思考が止まっちゃったりバテちゃったりしたらヤバいじゃない。いや、仲間内には几帳面な奴だってよく言われるけ

ど、やっぱり管理は必要よ。本当に」

早見はアイスティを右手に持ちながら言うと、オヤジとスタッフたちを見渡した。

しかし、オヤジはグラスを磨きつづけ、スタッフたちは小さな声ではあるが、おしゃべりを再開している。オープンテラスの先には、強い陽射しに照らされながら、カラフルなアクセサリーや布地を売る露店が見える。まばらな人並みに時折、犬やロバなども歩いている。東京では見ることのない景色である。

「いや、それでね、ここにくるのにネタ切れになっちゃいけないと思って、持ってくるかどうするか悩んだわけよ。っていうのはさ、成田だと入国の時はチェックが厳しいけど、出ていくのはわりと緩いんだよね。だから、こっちの税関次第では、日本から持ち出すのは案外簡単なわけよ。だけど、万が一ってことがあるからね。ここは慎重にいけって俺の中で声が聞こえてきてさ。

結局、着陸前に機内のトイレで最後の一発をパンッ！　てっキメて、手ぶらでここまできたってわけ。もちろん極上もんだよ。だから全然寝てないの。飛行機の映画も全部見ちゃったし。あっ、でも、ちゃんと機内食には手をつけたよ。なんたって、不審な客はそんなところからチェックされるらしいからね。それにさあ、飛行機から降りてイミグレまでの間にトイレでキメルったって、時間がかかったら怪しまれるじゃん。そんなことも考えるわけよ。それに、俺の場合は炙《あぶ》りじゃなくてポンプだからね。機内のトイレでもＯＫなの。あっ、話がわかりづらい？

炙りってのはアルミホイルの上にのせて、ライターで下から炙って煙を吸う方法なんだけどさ。しってる？　ほら、日本でものりピーがやってたでしょ。のりピーったって、しらないか。俺の場合は注射するのよ。で、その注射器をポンプとか呼ぶんだよね。そのポンプをバラバラにして、手持ちで機内に持ち込んだわけ。シャブのほうはっていうと、これは我ながらいい考えだったねえ〜。携帯電話のバッテリーを外して、その中に仕込んだわけ。本物の携帯は預けた荷物に入れておいたんだけどね。まあ、大した電話もかかってこないから大丈夫だしさ。で、ちょっと手間だったんだけど、機内でミネラルウォーターをもらって、トイレで仕込んでパンッ！　ってキメたわけよ」

話を聞いていたオピウムが、フッと笑った。早見はオピウムをちらっと見るが、なおもつづける。

「でね、空港降りてからここまでも大変だったのよ。バスや船乗り継いで、熱いしさあ。しかも、みんなのんびりしすぎ！　当たり前か、リゾート地だから。でもさー、みんなもっとシャキシャキしてよ！　って感じだね〜。でも、イライラなんてしてないよ。入れたのは極上だったたから。やっぱり効きも長いねえ。最後に入れてから4時間たつけど、まだ全然平気。だけど、次に入れるのは、もっと極上のブツじゃないと満足できないんだよなあ、やっぱり。ましてやアンフェタミンなんてなあ。ここ、本当に伝説のゲスト・ハウス？なーんちゃって、ちょっと言い過ぎちゃったかなあ」

早見は少し調子に乗りすぎた自分に気づき、オヤジの反応を窺った。しかしオヤジは、そんな早見の発言をまったく意に介さない。

「そうだな。確かに今ここにはさっき言ったものしかないが、たまに極上もののメスが持ち込まれることもある。しかし、それがいつなのかは俺もしらん」

「ええ〜、そんな〜、しらん！　だなんて、キッパリ言われちゃうとなあ。いや、俺も正直、ネタを持ってないから不安なのよ。正直やばいな〜と思ってるんだよね。そこらへんわかってほしいよなあ……」

早見はたじろぎながらそう言うと、軽くため息をついた。

適度なシャブは最高のサプリ

「まっいいや。ここまできちゃったし、待つしかないよな。それまでは、ガマンガマン。しかし、本当にくるのかなあ……なになに、俺の話？」

早見は、ラスタの青年と小声で話しているオピウムに声をかけた。

「いや、そうじゃない」

「確かに聞こえたぞ。アルミホイルがどうのとか」

「だから、君の話じゃないよ」

「いいや、聞いたぞ、俺は。アルミホイルがどうしたんだよ」

早見はオピウムのテーブルに近づくと、正面の椅子に腰かけた。

「君の話ではないが、彼が、メスもアルミホイルでやるのかって聞いてきたのさ」

「当たり前じゃないか。そんなこともしらないの。常識だよ。最近じゃあ、ヘロインもそうやってるみたいだけどね」

早見が青年を見ながら大げさにそう言うと、オピウムが穏やかに切り返す。

「もともと炙りはヘロイン文化が発祥なんだ。俺の記憶では、メスをアルミホイルで炙るようになったのは1980年代くらいみたいだな。旧い日本の友人にそう聞いたことがあるよ。特にブラウンシュガーを炙る時には、穴あきのコインを上下の前歯で挟んで、穴に通したストローから煙を吸い込むんだよ。そうしないと、前歯がヤニで真っ黒になるからね」

「へー、そうなんだ。でも、アルミで炙って吸うのはシャブよりもヘロインのほうが先だったって話、本当なの？　なんか嘘っぽいな。ところで、ブラウンシュガーってなんなの？」

早見は反射的に質問する。

「ああ、ブラウンシュガーっていうのは、精製前のヘロインのことを言うんだよ。つまり、原料のケシの樹液を粗く精製したもの。見た目がヘロインのように白くはなくて、茶褐色のザラメみたいなんだ。だからブラウンシュガーってよばれてる」

ヘロインは、ケシの花が散った後に残るケシ坊主（未熟果実）に傷をつけて、流れ出た乳液を乾燥させた樹脂を精製してつくられる。精製段階によって阿片、モルヒネ、ヘロインと呼ばれる。ブラウンシュガーはオピウムが言うとおり、精製途中にできる粗悪なヘロインのことだ。

「ローリングストーンズにも、同じタイトルの曲があるだろ」

「しってる。ブラウンシュガーってそういう意味なんだ」

「ああ。でも歌詞の内容はアフリカから連れてこられた黒人女奴隷の話なんだ。アメリカ南部ルイジアナ州、ニュー・オーリンズの黒人市場で売りさばかれた黒人女と夜な夜なセックスする白人男が、この黒人女のオマンコのことをブラウンシュガーと呼んでいるんだよ。でもそれは、同時に粗悪なヘロインの意味も隠されている。『ブラウンシュガー　お前はなんでそんなにおいしいんだい』ってね。こんなかんじだから直接ヘロインのことを歌っているわけじゃない。

　それにしても、黒人女のオマンコ最高って歌っているグループのボーカルが、イギリス女王からナイトとして叙勲されているんだからな。やるほうもやる奴だけど、もらうほうもどうかしてる」

　オピウムはそう言うと、椅子の背に持たれながら柔らかに笑った。一方の早見は、話に引き込まれながらも、主役の座を取られたようでちょっと不機嫌になる。

「で、お兄さんはなにをしてる人」

「俺かい。そうだなあ、俺はなにもしていないよ。ここにいて、いつも海を見ているかな」

「ふうん……」

話をはぐらかされたような気分だが、

「まあいいや。俺は早見キメル。あんたは？」

「俺は、オピウム・ワンて呼ばれてるよ。よろしく」

早見が差しだした手を、オピウムが握り返す。

「いきなりで悪いんだけど、ここで極上のシャブが手に入るって話を聞いたことはないかな？」

「さあ、聞いたことはないな。それに、俺はヘロイン専門だからな」

オピウムは少し笑いながら髪をかき上げる。

「ヘロインか〜。一度やったことあるけどダメだなあれは。動けなくなってゲロ吐《は》いちゃったよ。なんか具合が悪くなるんだよな。それがフワフワした感じで気持ちいいって言う奴もいるけど、俺はダメだなあ」

ヘロインの効き目には、耐性の問題や個人の体質、体調にも左右されるが、おそらく早見の場合は覚せい剤が体内に入っている状態でやったのか、あるいは、覚せい剤の効き方とのちがいに戸惑《とまど》ったのかもしれない。

筆者が覚せい剤を入れた状態で、ヘロインを煙にして吸飲した時の話をしよう。

ヘロインを単体で使用した時よりも、覚せい剤が体内に入っている状態でヘロインを使用した時のほうが意識ははっきりしており、より多くのヘロインを使用することができた。その時は、覚せい剤とヘロインのまったく異なるタイプの快楽が交互に生じ、その上、いつもの使用量よりも遥かに多い量のヘロインを摂取しているため、快楽の深さは今まで味わったことのない強さだった。しかし、大きな快楽の波が過ぎていくと同時に、大量の汗をかきはじめ、心臓の鼓動が急激に激しくなると共に呼吸が荒くなり、ベッドに横たわったまま数時間動けなかった。バンコクでの出来事だ。

ちなみに、ヘロインと覚せい剤、あるいはヘロインとコカインの粉を一緒に混ぜた『スピード・ボール』と呼ばれるものを鼻から吸飲したり静脈に注射したりする場合もあるが、これも非常に危険だといわれている。

早見とオピウムの会話に戻そう。

「それに比べてシャブはいいぞ〜。シャキっとするし、すべてがクリアになる」

「ふ〜ん。そんなもんかね」

「そんなもんだよ。クリアになるんだよ」

「なにがクリアになるんだい」

「頭がシャキッとして、回転が速くなる。なにしろからだがシャキシャキ動くから、効率的になるんだよ」

「効率的？　なにが」

「なにがって、そうだな～、たとえば部屋を掃除しはじめたら徹底的に掃除したりとか……集中力がアップするんだよ」

「シャブをキメると掃除の効率がよくなるのか……」

「あれ、なんかちょっとバカにしてるかんじ？　ヘロインじゃ、そうはならないだろ。ぐったりして動けなくなるから」

「ああ、そうだね。シャキシャキはしないから、確かに効率的ではないね」

「だろ、だろ！」

「うん。でも、シャブって本当にクリアになるのかね」

「バッチリね。もともと仕事をするためのクスリだからね。細かい仕事なんかには最高だよ。中にはセックス専門に使う奴もいるけどね。確かにセックスする時に使うと、快感が研ぎ澄まされてすごく気持ちいいし、女の人なんかは男の何倍も気持ちいいらしいからね。

女性の覚せい剤中毒者が増えているのは、シャブ・セックスの快感をしっちゃうからなんだよね。でも、俺は仕事オンリー。疲れも吹っ飛ぶから、24時間働けますか～♪　なんてね」

「それって、本当にクリアになってるのかね。むしろ、本当に大切なことが見えなくなっちゃうんじゃないの」

「なに言ってんだよ。大切なことがバッチリ見えてくるから、いい仕事ができるんじゃない。その上、24時間働けちゃうんだよ。最高でしょ」

「……仕事のためにシャブをやるのか……俺にはできんな」

「俺にはできんななんて、言ってくれちゃうよね～。俺は逆に遊びのためなんかにドラッグはやらないよ。そんなことしてちゃ、人間ダメになる。大切なのはお・し・ご・と。そして、お・か・ね。お金がなけりゃ、なんにもできない。家族も養えない。俺はいつも、朝出掛ける前にパンッて一発キメてから、よっしゃ～って仕事をはじめるの。あっ、ちゃんと朝飯は食うよ。食欲がなくても、無理して食べる。そうしないとからだが持たないからね。なんて言うかな～それも仕事の一つみたいなものかな。でもまあ、シャブ仲間にも几帳面すぎるって言われるけどね」

「それも仕事か……大切なことって、そんな生活の中にあるのかね」

「あるに決まってるじゃない。ていうか、日々の生活を大事に、しっかり生きる、それが基本でしょ。仕事してお金稼がないと、大切なものは手に入らないよね。仕事もしないで、毎日ダラダラとドラッグやってるのが一番ダメだよ。ヘロインやると、仕事しなくなるだろ。だから人間がダメになる」

「シャブはダメにならないのかい」

「ああ。日本には『覚せい剤やめますか、それとも人間やめますか』なんて公共広告があったけど、『適度なシャブは最高のサプリである』ってね。あっ、これは今、俺が考えた言葉なんだけどさ。そもそもシャブは、お仕事をするためのクスリだからね」

「ほ〜」

「しらなかったの？」

早見は少し胸を張るようにそう言った。

「へ〜、そうなんだ」

二人の会話を聞いていたラスタの青年が声をかけてきた。

「君、名前は？」

「カナビス・ガーベイだよ」

「カナビスはしらないだろうな。そもそもシャブやメスと呼ばれているメタンフェタミンは、明治時代の日本で発見されたんだ。その時には、このクスリの使い道がイマイチわからなかった。しかし、これをやると眠くならないし、瞳孔が開くからなのか暗いところでもよく見えるんだ。そこに目をつけたナチスが、見張り番や夜間偵察飛行なんかに使うようになったんだ」

「戦争のために？」

「そうだ。戦争の効率がよくなったわけだな。そこで、同盟国の日本は早速ドイツのやり方を取り入れた。メタンフェタミンを多くの兵隊たちに使ったんだ。特攻隊には突撃錠、見張り兵や軍需工場では猫目錠と呼ばれたメタンフェタミンを、国がばらまいたわけよ」

戦争と覚せい剤

「そうなんだ。全然しらなかったよ。もっと詳しく教えてよ」

「おっ、そうきたか。じゃあ、ちょっとだけ講釈しちゃおうかな」

早見はそう言うと、アイスティを一口飲んだ。

「そもそも、覚せい剤と呼ばれている『メタンフェタミン』は、日本で誕生した日本発のドラッグなんだ。で、その歴史は明治時代に遡《さかのぼ》る。発明したのは日本を代表する薬学博士の長井長義博士。１８９３年、長井博士は、喘息などに効く『マオウ』という漢方薬からエフェドリンという成分を抽出し、覚せい剤を発明したんだ。もう少し正確にいうと、１８８７年にドイツで、メタンフェタミンよりも効き目が弱い『アンフェタミン』が、発明されている。

メタンフェタミンもアンフェタミンも、同じ「覚せい剤」と呼ばれているんだけど、俺が使っている『シャブ』は、メタンフェタミンのほうだ。だけどどっちの覚せい剤も、発明した当時は眠くならないだけの薬ということで、たいした使用方法が見つからずに日の目を見ることもなかったわけよ。だけど、そこに目をつけたのがイギリスの軍隊だ。

第一次大戦で、イギリス軍が最初に錠剤のアンフェタミンを使用したといわれているんだけど、その一方でナチスが、１９３８年にドイツ国内で市販されたメタンフェタミンを軍の見張り兵や夜間軍務の兵士に使用していて、そのまま第二次大戦に突入するんだ。つまり、ドイツが使ったことがきっかけで、日本でもメタンフェタミンの大量生産をはじめて、軍での使用がはじまるわけよ」

「戦争がきっかけなのか」

オピウムもテーブルに頬杖をしたまま、身を乗り出してきた。

「そうだ。快楽のためじゃなくて、戦争がきっかけなんだ。で、当時の覚せい剤は錠剤で、第二次大戦がはじまった1941年に、『ヒロポン』という商品名で大日本製薬が発売を開始した。名前の由来は、疲労がポンとなくなるからという俗説があるんだけど、正解は『仕事を好む』という意味のギリシャ語からきているらしいよ」

「仕事を好むねえ……」

カウンターのオヤジも、いつの間にかグラスを磨くのをやめて、スタッフと一緒に早見の話を聞いている。

「仕事なんだよ。1941年に販売されたころは、仕事の効率を高める以外にも、疲労や二日酔い、乗り物酔いに効果があるとして、『除倦覚醒剤《じょけん》』という総称で日本の薬局で市販されていた。つまり、シャブを受験生やサラリーマンも普通に使用していたっていうこと。今でいう栄養ドリンクやサプリメントのような感覚だったんだろうね。

ちなみにアンフェタミン製剤は『ゼドリン』という名で武田長兵衛商店（現・武田薬品

工業）から発売されていた。その会社は今もあるし、有名だぜ。アンフェタミン類の薬物はイギリス軍やアメリカ軍でも広く使われて、その後成分は若干改良されているけど、ベトナム戦争や湾岸戦争を経て今でも多くの国の軍隊で使用されているよ」

「えっ今でも？」

　カナビスが驚いた口調で言うと、オヤジが反応した。

「その話は有名だし、問題もおきているな。例えば、２００２年4月、アメリカ空軍でこんなことがあった。超過勤務のつづく米空軍第１８３戦闘航空団のパイロットたちが、クスリの摂取を強要されたとして指揮官に不満を訴えたんだ。つまり彼らは、クスリの投与には次回の任務まで12時間以上あけるという『常識』を蔑《ないがし》ろにされ、通常勤務の場合より多量のクスリを服用するよう強要された。それに対して怒ったんだよ。

　この話にはもうちょっと説明が必要だな。アメリカ空軍のジェット戦闘機のパイロットたちは、長時間任務で戦闘機に乗る時はアンフェタミン系のクスリを摂取することが普通になっていたんだよ。しかし、１９９２年に、空軍参謀長だったメリル・マックピーク大将によって禁止されてからは、これらのクスリを使用すること、そして使用を強要することは違法行為になっていたはずなんだ。しかしいつの間にか、再び使用が認められていた。

しかもアメリカ空軍では、アンフェタミンを広くパイロットに使用させているばかりか、それを使わない者は、パイロットとして不向きだという通告まで出しているそうだ。

パイロットたちは、これらのクスリを簡単な手続きで6錠まで入手することができて、空軍は彼らに必要に応じて使用するよう指示しているんだよ。もちろんこれらのクスリは、第二次大戦や、ベトナム戦争のころよりは改良されていてからだへの負担が少なくなっているようだが、主成分がアンフェタミンであることに変わりはなく、長期間の服用は精神的なダメージを引きおこす。アメリカFDA（米国食品医薬品局）はアンフェタミンを、疲労を取るための薬品としては承認していない。そして、DEA（麻薬取締局）ではコカイン同様2級指定の麻薬としているんだ」

オヤジはそう言うと、早見を見つめながら話を進める。

「確かに歴史をたどると、覚せい剤は仕事をするためのクスリとして使われてきた。アンフェタミンにしろメタンフェタミンにしろ同じことだ。大きく言うと、効き目と副作用の問題だけだな。アンフェタミンは副作用は少ないが効き目が弱い。メタンフェタミンはその逆だ。連合国側はアンフェタミン系の錠剤を使用していた。ナチスは当初、メタンフェタミンを使っていたが、副作用が問題となってアンフェタミンを使用するようになる。結局、メタンフェタミンを使いつづけたのは日本だけということになるな」

「日本だけか……」

今度は早見が、ひとりごちた。

「そうだ。でも、アンフェタミンなら、さっき言ったように今でもアメリカ空軍が使いつづけているぞ。関係者はアッパーとかスピードとかゴー・ピルと呼んでいる。アッパーとかスピードという呼び名は、メタンフェタミンでも使うがな。それはともかく、米軍がアンフェタミンを使用していることは、誰でもしっている話さ。軍を退役してここにくる連中にも、実際に使っていた奴がたくさんいるよ。

アメリカ空軍が使用している副作用を軽くしたアンフェタミンでも、常用していたらヤバいことになる。たとえば、さっき言った第１８３航空団は、不満を訴えた１週間後に大事件をおこしたんだ。

アフガニスタンのカンダハルで彼らは、命令時刻よりも早く爆撃を開始した。作戦開始時間を無視するなんて、いかにもトラブルがおきそうじゃないか。案の定、夜間訓練中だったカナダの部隊を敵だと思い込んで過って死傷させてしまった。この事件で４人が死亡し、８人が負傷した。そして、爆撃をした２人のパイロットが起訴された。

しかし、裁判の中で、カナダ軍は夜間訓練をおこなうことを事前にアメリカに伝えていたにもかかわらず、アメリカ軍はパイロットたちに、その情報を伝えていなかったことが明らかになった。その上、パイロットたちは、アンフェタミンを使用していたことを、被告人の弁護士が主張しているんだ。

ホワイトハウスの薬物問題の最高顧問だったロバート・デュポン博士も、実施する時間よりも早く爆撃を開始するような行為はアンフェタミン服用者特有の行動パターンであり、ちょっと考えればわかることなのに性急に誤った結論をだして行動してしまうのも彼らの特徴の一つだと、この事件を通して言っている。まあそれは、パイロットに限らず多くの覚せい剤使用者に見られるパターンではあるがな。この事件では誤爆をおこしたこともアメリカ国内では衝撃だったそうだが、それよりも、空軍がすべてのパイロットにアンフェタミンを常用させていることのほうが問題視されたんだよ」

「オヤジさんもしってるねえ!」

いつの間にか早見を囲むような一体感がこの場を漂いはじめた。早見は、オヤジの話を引き継ぐように話しはじめる。

「第二次大戦が激しくなると、ヒロポンは兵隊だけじゃなくて、軍需工場で働く女や子どもにも使われるようになるんだ。シャブやらせて働かせるなんて、今じゃ信じられないけど、当時の覚せい剤は合法的な市販薬だったし、なんたってお上の命令みたいなものだからな。だから日本国民は皆、シャブ喰らって『お国のため』に奉公したってわけよ。

だけど、終戦になると一転して覚せい剤の使用は規制されるようになった。国としては、覚せい剤中毒は戦争の後遺症のように認識していたから、政府は何度も使用を食い止めようと規制を強化したんだよ」

「まったく勝手なものだな」

オピウムが険しい顔になった。

「まあ、勝手っていやあ勝手だけど、そんなもんだろ、国なんてさ。で、その国が具体的になにやったかっていうと、これがスゲー間抜けなことをやらかしちゃうんだよね。なにかというと、錠剤だから罪悪感を感じないで、気軽に手を出してしまう、だからいっそのこと注射剤にしてしまえば使用者も少なくなるだろうって考えて、ヒロポンをアンプル剤に切り替えたんだよ。だけどこれが裏目に出ちゃった。そりゃそうだよな。相手はシャブ中だぜ。罪悪感もへったくれもあるもんか。欲しくてたまんないんだからさ。笑えるよ。そりゃあ、ヘロインだって一緒だろ?」

「ああ、もちろんだよ」

「結局、錠剤よりも静脈注射のほうが効き目が強くておまけに経済的だということを、全国のヒロポン常用者といわれるシャブ中たちがしっちゃったんだよね。それで、結局連中はもっとひどい中毒になっちゃった。ひどい話だろ。今の日本のシャブ問題の原因は、日本政府がつくったといっても間違いじゃないぜ」

「最低だな……」

オピウムの小さく吐き捨てるような言葉に、早見はうなずく。

「本来クスリは、使う人が幸せになるためにあるものだからね。それは、病院で処方する薬だって非合法のドラッグだって同じだろ。個人のからだや心が気持ち良くなったり、病気が治ったり、効率をあげて生活を豊かにするために使うんだからさ。だから、戦争で人の命を奪うために役立つクスリなんて最低だよ。でもその一方で、戦意が高揚して、工場の生産効率が上がったのも確かだよね。お国のためとか言ってさ。それってどうなんだろう。それも広い意味では『仕事』ということになるのかなあ。そう考えると、今も昔も何も変わってないのかな……なんか複雑な気持ちだよ……」

覚せい剤が日本中に蔓延した原因は、確かに戦時中の軍部に問題があった。しかし、ここまで蔓延したのは、本質的には、覚せい剤の効能が日本人の気質にあっていたからではないだろうか。

戦後から１９５５年頃までの第一次乱用期が収まり、高度経済成長期に入ると再び覚せい剤が流行する。この時期、日本人はとにかくよく働いた。特に１９７０年を境にはじまった高度成長期から80年代のバブル崩壊まで、日本人はモーレツに働いてきた。寝る時間を削って勤勉に働くまじめな性質の日本人と覚せい剤は、実に相性がいい。というのは、覚せい剤は集中力を切らさずに、24時間働きつづけることを可能にするからだ。そういえば当時、「24時間戦えますか」というCMコピーで販売されたドリンク剤もあった。あのCMを見るたびに覚せい剤のことを思い出したのは、僕だけではないはずだ。

覚せい剤が日本独特のドラッグだと僕が思うのは、日本で誕生したということもあるが、快楽のためではなく、主に仕事のために使用されてきたところにある。それを裏づけるかのように、覚せい剤による検挙者数も、１９７０年の１６１８人から一気に増加しはじめ、6年後には1万人を突破し、バブル絶頂の80年代には2万人以上の検挙者数を記録する。まさに、覚せい剤は日本経済の成長と共に増加していったのである。

押収量も年々増加し、１９９９年には１９７５・９キログラムと2トンに迫るほどになっていた。一回の使用量が0・03グラムといわれているので、実に6500万回分以上の量である。押収を免れた量は間違いなくそれ以上であるから、いかに多くの人々が覚せい剤を使用していたかが理解できるだろう。

現在の日本経済は斜陽化しながら富裕層と貧困層の格差が激しくなっており、1980、90年代とは様相が異なるが、覚せい剤の再犯率は50％以上と高いので、検挙者数は1万人を下回ることがない。そして、押収量は1999年以降、減少しているものの、2009年までの間、毎年500キロ前後の覚せい剤が押収されている。

メスが世界中に広がっている

話を彼らの会話に戻そう。

今までとは様相がちがい、急にションボリする早見。カウンターの向こうに立つオヤジが、そんな早見を励ますかのように、声のトーンを少し上げて少し目先のちがった話をはじめた。

「錠剤の覚せい剤で代表的なものは、『ヤーバ』だが、これはタイやラオスを中心に使われているな。今は禁止されているが、タイでは少し前まではガソリンスタンドでも売られていて、トラックの運転手などが好んで使っていたよ。しかし、どんなドラッグも使う人間によって用途も様々だ。当たり前の話だがな」

ヤーバとはアンフェタミン錠剤の商品名である。戦時中、日本の薬局で売られていたゼドリンもアンフェタミン錠剤の商品名である。

ひと言で覚せい剤といっても、それは二種類の薬物の総称である。また、それぞれの薬物を原材料とした商品が存在する。文中で取り上げているものが総称なのか、薬物名なのか、商品名なのかということが読者には少々わかりづらいと思うので、ここで少し整理してみよう。

アンフェタミンやメタンフェタミンという薬物名で呼ばれる二種類の薬物の総称を覚せい剤と呼ぶ。法律では、覚せい剤とは『覚せい剤取締法』で指定された薬物の総称を指す。そして日本の覚せい剤取締法では、アンフェタミンとメタンフェタミンには、それぞれ別な薬物名がついている。アンフェタミンのことを『フェニルアミノプロパン』、メタンフェタミンのことを『フェニルメチルアミノプロパン』という薬物名で呼んでいるのである。

そして、早見が何度か説明しているように、メタンフェタミン（フェニルメチルアミノプロパン）は、隠語ではシャブやエス、アイス、メス、クリスタル・メスなどと呼ばれている。

戦時中の日本では、メタンフェタミンを原料とした商品が複数販売された。大日本製薬（現在の大日本住友製薬）の『ヒロポン』や『ホスピタン』（現在の参天製薬）などがそれである。一方、アンフェタミンを原料とした商品には、武田薬品工業の『ゼドリン』や『アゴチン』（甘糟商店）などがあった。

1933年、アメリカではアンフェタミンを原料とした吸入式喘息薬として『ベンゼドリン』という商品名のクスリが発売されたが、喘息よりも疲労回復に効果があるとして長距離トラック運転手が使用するようになり、やがて、食欲減退効果からダイエットのために乱用されるようになっていった。そのため、FDA（アメリカ食品医薬品局）は1959年に処方制限をおこなった。

ドイツでは1938年にメタンフェタミンを原料とする商品『ペルビチン』が発売され、ドイツ軍は兵士への供給を開始する。アメリカやイギリスも、ドイツ同様にペルビチンの兵士への投与をはじめた。

それを見た日本は1941年に、前述のメタンフェタミンを原料とするヒロポンを発売し、日本軍で導入を開始する。日本ではヒロポン以外にも、メタンフェタミンを抹茶で固めた錠剤、通称『抹茶錠』を軍需工場で働く婦女子に配布して生産性を向上させたり、夜間監視の兵士や夜間戦闘機のパイロットに通称『吶喊錠《とつかんじょう》』『突撃錠《とつげきじょう》』『猫目錠《ねこめじょう》』と呼ばれた薬剤を配布していた。

ところで、覚せい剤にはなぜこれほど名称が多いのだろうか。

たとえば「ヘロイン」とは薬物名であり、ケシの樹脂を精製したものである。ケシの樹脂がヘロインに精製されるまで、精製段階によって生阿片《しょうあへん》、阿片煙膏《あへんえんこう》、モルヒネ、ヘロインというふうに名前が変わっていく。

これらの物質は、いくつかの種類のケシの実の樹脂からつくられる。にわとりの卵くらいの大きさのケシの未熟果にキズをつけて樹液を採取するところから、精製がはじまる。まず、採取した樹液を乾燥させたものを生阿片という。16、17世紀に中国では、この生阿片を加工して阿片煙膏をつくった。これを大きなパイプを使って煙を吸うのである。

19世紀後半になると、生阿片を加工した薬品が発明される。これがモルヒネだ。モルヒネは医療品と麻薬の両方に使われてきた。強い鎮痛作用があり、現在でも末期がん患者などに投与されている。そして、モルヒネの組成を化学的に変化させたものがヘロインである。ヘロインは多幸感が強く、麻薬としてのみ使われている。これらケシを原料とした精製物には、俗称はあったとしても商品名などはない。

それと比較して、覚せい剤の呼び名は実に多い。それは、覚せい剤がいかに多くの場面で用いられ、人間の生活に深く広く浸透しているかを意味している。

覚せい剤の名前や歴史を見つめると、近代の戦争と深くかかわっていることがわかる。第二次大戦で本格的に導入された覚せい剤は、世界中の兵士を殺人マシーンに変えていった。それは、第一次大戦まで用いられていた、ヘロインやコカインの使用方法とはまったくちがっていた。

ヘロインやコカインは痛み止めや気付けなどの医療用薬物として、傷ついた兵士のために野戦病院などで使用されていた。それに対して覚せい剤は、早見の言うように、軍需物資の生産供給の向上や、兵士の精神的な攻撃性や身体能力を一時的に高めるために使用されていた。そして、戦時下の各国では、覚せい剤の副作用を十分に理解していながら、戦闘員のみならず、民間人にまでもそれを使用したのだ。

もちろん国は、このことについてしられたくなかった。『抹茶錠』『突撃錠』『猫目錠』などの呼び名は、原料である覚せい剤という薬物の存在を隠すための役割も含んでいたのではないだろうか。一方、『ペルビチン』などは、ドイツだけではなく、敵国のアメリカやイギリスも使用している。敵味方関係なく、同じ製薬会社のクスリが大量に消費されていったのである。そのような側面から見ても、第二次大戦はそれまでとは様相の異なった戦争なのだといえる。

　覚せい剤は人間の生産性を向上させるための薬物である。そしてこの薬物は、世界を巻き込んでいった地球規模の戦争の拡大に重要な役割を担っていたのだ。さらに、アメリカからはじまった急激な経済成長の裏側にも、日本同様に覚せい剤の存在があった。それは、アメリカ政府が１９５９年までアンフェタミンの使用を容認していたことからもうかがうことができる。そして戦場では、現在でも覚せい剤が使用されているのだ。

　このように覚せい剤は、心身を癒すために用いられてきたそれまでの薬物とは、明らかに異なる薬物だといえる。これこそが、覚せい剤の本質的な姿なのだろう。

　20世紀の戦争と、その後の世界経済の成長と共に広まっていった覚せい剤は、様々な地域で名前を変えて使われてきた。オヤジが話題にしたヤーバも、その一つである。話を戻そう。

　オヤジは右手で白いあご髭をさわりながらつづけて言った。

「『ヤーバ』もそうだが、覚せい剤には実に多くの呼び名があるな。それも覚せい剤の特徴ではないかな。

たとえば、メタンフェタミンは最近では『メス』あるいは『クリスタル・メス』などとも呼ばれていて、若い連中が手軽に入手している。摂取してもＬＳＤのように幻覚を見たりヘロインのように黙りこんだりしないため、重宝がられているんだよ。だから欧米の若者には、パーティドラッグという位置づけで使われることも多い」

「ああ、最近は東京でもそういう呼び方する若い奴らもいる」

「そうらしいな。日本はメタンフェタミンが最もポピュラーな地域だから目立たないが、北米では数年前から十代の乱用が問題になってきているんだ。比較的安く手に入るのと、あまり使われていなかったというのも関係しているのかもしれないな。だから、最近ではメスが世界中に広がっているんだ。その動きは１９９０年代からはじまっていて、今様々な地域でメスは製造されている」

シャブは仕事には役立つが、注意深くなる

「最近はいろんなところから日本に入ってくるよ。しかも、どこのものもクオリティがい

い」

実感をこめて言う早見にオヤジが、

「このゲストハウスにも、様々な場所でつくったメスが入ってくるよ。だいたい、メスは製造が簡単だし、他のドラッグに比べて価格も安いから、2000年代になって世界中に一気に広がっているんだろうな。パーティドラッグなんていってるが、イカレちまうと一番厄介なドラッグだけど」

と言うと、オピウムがうなずく。

「そうだな。他のドラッグ、たとえばヘロインはイカレるとからだが動かなくなるし、コカインにしてもメスの5～10倍の金が掛かるから頻繁には手に入らない。コカインが原料のクラックは直ぐに頭がイカレるから、自爆するかトラブルをおこしても傷害事件など単純なものがほとんどだ。まあ、単純といってもショットガンをぶっ放すとか凶暴極まりない事件が多いが、頭が完全にイカレて大人しくなっちまう奴も多いからな。

しかし、メスはちがう。ある程度からだは動くし頭も回る。最初はアクティブになんでもこなそうとする。しかし、そのうち精神的にヤラレてくると、メス欲しさに狡猾になる。そんな状況がつづくと、とんでもないトラブルを引きおこすことになるよな」

苦笑しながら早見が、

「シャブをやりつづけると頭の回転は速くなるが、その反面、短絡的になるのかもしれない。セックスに使うと、男も女もほとんどの連中が変態行為にハマるしな。いや、女のほうがハマりやすいかもしれない。それと、日本国内でおきる不可解な事件の多くは、シャブが絡んでいることが多いと思うよ。ニュースなんかを見て、シャブやってる奴だったらピンとくる事件がけっこうあるからな。

たとえば、この前、東京である事件のニュースを見たんだ。男が女を人質にとったろう城事件なんだけどさ。そしたら、女を包丁でおどしながら家の屋根伝いに逃げはじめた。こんなのどう考えてもいずれつかまるじゃん、なんでもっとちゃんとした逃げ方しないんだよ。あー、さてはこいつシャブやってんなって思ったら、案の定そうだった。ただし、オチは女もシャブ中だったたんだけどね」

と答えると、オピウムがポツリと聞いてきた。

「シャブをやりつづけると、どんなセックスをするんだい?」

「シャブをやると、どんなことにでも執着が強くなるから、ひと言で言うと、とにかくエロエロモードがしつこくなるよね。スケベなことを考えはじめると、とことんスケベな妄想で頭が一杯になってくるんだ。ＡＶやエロ本なんかを見はじめると止まんなくなって、俺なんか40時間以上、ウエブのエロ・サイトを見てたことあるもんなぁ。挙げ句に自分でエロ・サイト立ち上げちゃったりしてね。

俺の場合はアタマが冴《さ》えてきておしゃべりになるから、出会い系とかにはまっちゃうことも多くてね。それにも理由があるんだ。シャブをキメたいとき、一昔前はテレクラを使っていたんだ。本当はキメるのが目的だから、電話で話したりするのは面倒なんだけど、キメながら話してると逆にモテちゃったりして。それでセックスしたりなんてことけっこうあったなぁ。それもＳＭとか野外露出ね。ノーマルなセックスよりも、そんなことのほうが面白くてさ。個人的な好みではもちろんあるけど、もしかしたらシャブの効能というか特性として、服用するとＳＭにハマる人が多いみたいだよ。

えっ、なに？　もっと具体的なセックスの内容をしりたいって。あはは。やっぱ、興味あるよね。俺の場合？　まあ、俺なんか口ほどにもないから、詳しく話せるようなセックスなんてないなあ……そうだな。俺の友だちに書籍編集者がいるんだけど、そいつが歌舞伎町を拠点に活動していたシャブ中女の半生記を企画したんだ。その中に、すさまじい変態セックスの描写があるから、それを紹介するよ」

「オー、カブキチョー！」

「バビロン！」

早見の言葉に、オピウムとカナビスは口々にそう叫ぶと、興味津々の顔になった……。

シャブ中の女はどんなセックスをするのか

筆者の友人にフリーの書籍編集者がいるのだが、彼が、13歳から筋金入りのシャブ・セックス中毒者の女性（1980年生まれ）の半生記を編集した。書名は『歌舞伎町のシャブ女王』。もちろん同書の内容はフィクションではない。シャブ中女のセックスはいったいどんなものなのか、ここで読者に伝えるため少し長くなるが引用する。同書でなぜセックスの内容を詳述しているのか、その理由が書かれている部分から紹介することにしよう……。

両親の虐待と義父のレイプから逃れるため、アスカは歌舞伎町へ向かった。そして、歌舞伎町で出会ったヤクザとラブホテルにいき、はじめてシャブを打たれた。その一発が、アスカをシャブ地獄へと導いた。

俺はここまで書いて、このあとどう書き進めようか悩んで筆がとまってしまった。それは、その後のアスカのあまりにもすさまじいシャブ狂い、セックス狂いの日々を赤裸々に描いていいものかどうか、躊躇《ちゅうちょ》したからだ。

あまりにも生々しい、シャブとセックスの猟奇的な日々をそのまま描写しては、読者の反感を買うであろうことは容易に想像できる。

しかし、俺はできるかぎりアスカの告白に忠実に書こうと思う。

アスカはのちにその筋の人間から「歌舞伎町のシャブ女王」と呼ばれ、歌舞伎町界隈に生息するシャブ狂いのヤクザなら知らぬ者はいない、とまで言われるようになるのだが、その経緯を読者に伝えるためには、アスカの狂気に満ちたシャブとセックスの描写が欠かせないと判断したからだ。

また何よりも、俺が書かなくてはならないと思ったのは、多くの読者に、本物のシャブ中とはどのような存在か、よく知っていただきたいと思ったからだ。俺の判断は、

「先生、非行少年少女たちに、シャブの恐ろしさを伝えてください。シャブで狂ってしまう人間はもう私だけにしてほしいの。シャブの代償はあまりにも大きいから」

と話したアスカの意向とも合致しているはずだ。

人間、快楽のためならどこまで堕ちることができるのか、シャブ中になるとどれだけ後遺症に悩まなくてはならないのか。歌舞伎町のシャブ女王の告白を、これからまとめていきたい。

（中略）

出所後はじめて迎える冬のある日の午後、ヤクザ専門のホテトル嬢をはじめたアスカは、歌舞伎町のＴホテルに向かった。

（中略）

この男とは、以前にも二、三回セックスしたことがある。普段は貫禄があり、若い衆からもたいへん尊敬されている親分でありながら、女装癖のある異常性欲者だったので覚えている。

部屋のドアを叩くと、

「さびしかったわ、マンズリしながら待っていたのよ」

と言いながら、男がいきなり女子高生ファッションで現れた。

「誰だ、お前ッ！」

アスカが戸惑っていると、

「あたしよ、親分よ」

と声をかけてきた。よく見ると正真正銘の親分だ。

「お前、いい加減にしろッ」

アスカはいきなり親分の尻を蹴り上げた。

「痛いッ」

「痛いもクソもあるか。お前、俺とオマンコしたいんだろう。ナメろッ」

アスカは男言葉で怒鳴ると、親分はアスカのジーンズを下げ、ひざまずき、性器をナメだした。

「もっとやさしくナメろ。舌を穴に突っ込んで掻《か》き回すようにナメろッ。お前は俺の奴隷だッ」

「ハイッ」

親分はシャブが効いているのか、アスカの性器を二時間もナメ続けた。

「ああ、ああっ。いい加減、お前のチンポを入れろッ。入れろッ」

親分は命令に従い、アスカの前の穴も後ろの穴も、狂ったように犯しまくった。シャブが効いているアスカは、まるで夢の中を彷徨《さまよ》っているような幸せな気持ちで満たされた。

「お前、もっと服を持ってきてるんだろう。着替えろ」

そう言って、アスカが一〇〇キロ近い親分の尻を蹴り上げると、急いで真っ赤なミニドレスに着替えた。

このとき、親分の携帯電話がいきなり鳴った。

「おおう、俺だ。お前、あそこは一等地だぞ。なんとしても追い出せ。立ち退かせるんだ。あいつら出ていかなかったら、夜中に火をつけてでも皆殺しにしろッ」

目の前にいる真っ赤なミニドレスの男が、ど迫力のヤクザの親分に一変した。アスカは一瞬ビビッてしまったが、そんな素振りは一切見せず、

「お前、いい仕事してるな。仕事が成功したら俺にも銭を回せよ」

と言って、再び、親分の尻をサンドバックのように蹴り上げた。

「ハイッ。アスカちゃんには、いくらでも上納します。任せてください」

親分はそう言いながらミニドレスのまま、アスカの全身をナメまくった。

変態セックスの最中、アスカはシャブが切れると再びシャブを入れ、この親分に二日間も舌がつるほど性器をナメさせた。

「いいか、俺が呼んだらまたこいよ」

帰り際、親分の尻に一〇発ほどの蹴りを入れた。すると、親分は満面の笑みを浮かべ、アスカに三〇万円の小切手を切りながら、

「わかりました。アスカちゃん。またよろしくお願いします」

と答えた。

（中略）

アスカは女装癖の親分と別れた夜、ひとりでゆっくり休養をとり、翌日の午前中、電話で待たせてあった男の部屋に行った。

それにしてもわからないのは、ホテトル嬢に指定された日時から一日も放っておかれているのに、待ち続けている神経だ。やはりシャブ中は、常識では判断できない。

「待ってたぞ、アスカ」

アスカが部屋の中に入ると、男は飛び上がって喜んだ。

「ごめんね。遅くなっちゃって」

「いいよ、いいよ。俺はお前がくるのを待って、一日中センズリしてたよ」

男は裸のまま、いきり立った巨根をセンズリしながら現れた。

――スゴイ。

アスカは男の巨根を見た瞬間、息を呑み、思わず男の前にひざまずいてしまった。男の手首ほどもある、惚れ惚れする巨根だ。

アスカは、思わずしゃぶりついた。

「おおうッ。うまい。お前、そんなのどの奥まで咥《くわ》えてくれるのか。気持ちよくって、クソが出てきた」

アスカは、クソを垂れ流している男の巨根をしゃぶりつくすが、シャブが効いているのでにおいは気にならない。二時間もしゃぶるとさすがに疲れてしまい、アスカがベットに寝転がると、

「バカヤロッ。今からやるんだ。俺の言うことを聞かないと、オマンコを切り裂くぞ」

男は真っ赤な顔でそう言って、ベッドの下からナイフを取り出した。

「イヤだ、そんなの」

アスカが怯《おび》えていると、

「バカヤロッ！　ナイフで切り裂いてやるッ」

男は本気で、ナイフを突き刺しにかかった。

「イヤッ。ヤメて」

アスカが泣き叫ぶと男は逆上し、鋭利なナイフの先端を大陰唇に当てた。アスカはここで殺されたらたいへんだと観念し、男の言いなりになった。

「いいかッ。動くとズタズタに裂けるぞ。もっと股を開け、両手でオマンコを広げろッ」

冷たい刃物が膣の中に挿入された瞬間、男が言った。

「巨根よりも、このナイフのほうが気持ちよくなるから安心しろ」

ナイフが挿入されたまま、男にクリストスやその周辺をナメられたり、適度に咬《か》まれたりするうちに、どういうわけか男が言ったとおり、恐怖が快感に変わっていった。

アスカがよがり続けると、男はナイフを抜き取り、いきり立った巨根を一気に性器に突き刺した。アスカはかつて味わったことのない快感に、オシッコを垂れ流してしまった。

膣の内部にナイフによる切り傷が何ヶ所かできていたのだろう、愛液に血がまじっていたが、シャブが効いているので全く痛みもない。

アスカはこのナイフ挿入セックスで、シャブが効いている状態で恐怖に支配されながら、生と死の境界を行ったり来たりするセックスがもっとも快感を得られることを悟った。

（『歌舞伎町のシャブ女王』より　バジリコ刊）

男より女のほうがシャブ・セックスにはまる理由

早見がシャブ中女のセックスの話を終えてオピウムとカナビスの顔をまじまじと見ると、二人とも憔悴しきっていた。

「俺にはこの話が本当だってわかるよ。俺のセックスはたいしたことないけど、それでも、いったん勃起すると、何十時間も立ちっぱなしですごいことになるんだよな。だから、2時間も3時間もオマンコをなめつづけるなんて当たり前。今までやったことのないプレイを妄想してそのまま実行すると、自然と変態プレイになってるんだよ。ただ、シャブを入れすぎると下のほうがちぢこまっちゃって使いものにならないこともよくあるんだけどね」

「……わかった……よくわかったよ。ありがとう」

オピウムがうんざりした顔で絞りだすような声でいった。

「ただ、一つ……わからないことがあるんだ。男よりも女のほうがシャブ・セックスにハマるとすごいっていってたけど、それはなぜなんだろう」

「あー、いい質問だね〜。男に女の快感は永遠にわからない、その逆も真なりだけれど、女は男の何倍も気持ちいいんだってよくいわれるよね。それについては、さっき紹介した本の著者である元ヤクザの組長が面白いことを言ってるよ」

『歌舞伎町のシャブ女王』の著者、石原伸司氏は元広域暴力団の組長だ。同書は、彼が懲役をくり返すシャブ中の女性を更生させようとするが、その度に裏切られるという内容だが、なぜ女のほうがシャブ・セックスの快感度が高いのかについても言及している……。

ちなみに、シャブにハマった女は、男の一〇倍も一〇〇倍もセックスの奴隷となってしまう。

セックスすると、女には妊娠のリスクが生じる。妊娠し子どもを産むことは女だけの特権だが、同時に、子どもを産むことは常に死の危険と激痛が伴う。それに対し、男はセックスしても精液を吐き出すだけで、妊娠・出産のつらさを味わうことは決してない。

だから神様は、女に妊娠・出産に伴う危険と激痛のご褒美として、男よりもセックスが一〇倍も一〇〇倍も気持ちよくなるような体の仕組みを与えている。

たとえば、男の快感は一瞬だが、女の快感はえんえんと続くのが、そのうちのひとつだ。

それゆえ、通常のセックスでさえ女の快感は底なしになれるのに、シャブでセックスの快感を増幅させてしまった女は、とどまるところをしらぬ気持ちよさを味わい、セックスの奴隷と化してしまう。

これは、どんなに教養があり、学歴があり、奥ゆかしい女でも同じだ。シャブに走ったら、たちまちこうした女に成り下がってしまうのだ。

シャブが魔物だということがよくわかるだろう。

（同書より）

「なんとなく、わかるような気がするね」

「とにかくシャブは、セックスや生死にかかわる快感が増幅されるんだ。なぜだかわからないけど、そういう効果がある。だから戦争に使われたとき、男たちは極限状態の中でも殺人マシーンになれるんだろうな。もしかしたら、人を殺しながらエクスタシーを感じているのかもしれない。女が感じるセックスのエクスタシーは男の俺にはわからないけど、もしかしたらそれと同じような快感なのかもしれないな。そう考えるとすさまじいよな。

いやぁ、女は怖いよ。そんな快感にハマっちゃったら男を放さないからな。だから俺はなるべくシャブやってる女には近寄らないようにしてるんだよね。こう見えても、俺、小心者だからさ。でも、多かれ少なかれ、みんなそう思ってるんじゃないの？」

早見がそう言うと、今まで黙って聞いていた３人の男たちは、神妙な顔つきで何度も頷くのだった。

シャブと仕事、猜疑心について

「他の国の連中はわからないけど、俺たち日本人の大半は、シャブの快感を純粋に楽しむというよりも、セックスや仕事なんかに使う奴が多いんじゃないかな。少なくとも最初の動機はそんなことが多いようだよね。でも、やっていくうちに感情がキレやすくなったり、辛抱できなくなったりするよね。これもシャブの特徴だろうな。俺様なんかはまだ大丈夫だが、それでも以前よりもキレやすくなっているかもしれないよ。シャブは仕事には役立つが、注意深くなるよな」

早見がそう言うと、オピウムがポツリと言った。

「注意深いかぁ。疑い深くなると言ったほうが近いんじゃないかな？」

オピウムのひと言にぴくっと反応した早見は、少し強い口調で話を進めていく。

「いや、俺はそうは思わないね。何事にも細心の注意を払って行動するんだよ、シャブ中はね。そもそも多くの人は、シャブ中っていうと、凶暴で意味不明なことをわめきちらしたり、刃物を振り回して立てこもったりする輩だと思ってるだろ。でも、それは最終的にイカレちゃった時の姿であって、キチンとシャブを服用している人はまったくちがうんだよね。ヘロインをやったら、そうはいかないだろ?」

「そうだな、キチンとはしていないかもしれないな」

オピウムが頷く。

「シャブを打つと、多くの人は几帳面になり、他人に気を使い、すごく優しくなる人が多いんだよ」

「まあ、それは、ドラッグのいい面かもしれんな」

早見の言葉に今度はオヤジが言った。その言葉に気を良くして、早見は話を進める。

「人それぞれだから、あくまでも俺の場合だけど、俺は朝出かける前に静脈にシャブを入れるんだ。入れる量も自分で調整しているよ。あまり入れすぎると効きすぎちゃって、頭の回転に行動が追いつかなくて考え込んじゃったりするからね。

俺のしり合いのビルの内装屋が、ある時、いつもの三倍の量を入れたら考え込んじゃって、自分が工事しているビルの天井の穴を見ながら4時間も腕組みしてたよ。『穴の中になんかいる』って言いながらね。そんな感覚が面白いって奴もいるけど、それはちょっとヤバいでしょ。人それぞれいろんな使い方あるけれど、仕事の効率は明らかに悪いし。

俺はさっきから言ってるように仕事のために使ってるから、分量はなるべくセーブしてるんだよ。で、なるべく単純な仕事の時に、シャブを使うようにしている。同じことを何度も苦もなく繰り返せるのも、シャブの効能の一つかな。だから、流れ作業には効果的かもしれない。あるいは、数字を追いながら、経理や経営についての戦略を練るのもいいかもしれない。攻めの考え方が強くなるから、ある面では無謀な作戦になっちゃいそうだけど。後は、長時間パソコンを使う仕事とか、極度の寝不足でなければ車の運転には重宝するよね。

そして、くり返すけど、考え方が細やかになるから、すべてにおいて注意深くなる。いろんなことをじっくりと考えて行動するようになるんだ」

「そうかな。悪いが俺には、メスは短絡的になって、最後には人に迷惑をかけるだけにしか思えないけどね」

「オピウムさんよ、やたらと突っかかってくるね。なんか恨みでもあるの」

「いや、そんなことはないが、俺のしってるメスを入れてる連中は、結局トラブルをおこすのが多かったもんでね」

早見はグッとこらえる。

「シャブ中だって、シャブを適度にいれて十分休息をとれば、ひどいトラブルなんかおこさない。実際俺なんか、この生活を10年近くつづけているよ。確かに、周りにはあんたが言うように、トラブルをおこして捕まったり、自殺しちまった奴もいるけど……でも、みんな本当にいい奴だった。シャブやる奴全員が悪党ってわけじゃないぜ。人それぞれの性格が、シャブによって増幅されていくだけなんだよ。極端に明るくなったり、思慮深くなったりね。だから、シャブ中といっても、全員が同じじゃないし、ましてや悪党なんかじゃないんだよ」

早見はそう言うと、グラスに残ったアイスティを一口飲んだ。そして、再び話しはじめる。

「だけど、やっぱり食事と睡眠は必要だよね。俺はそこにもっとも注意を払ってるんだ。

何日も寝ないでシャブやってると、だいたい3日目位で思考が止まってくる。そんな状態でシャブ入れて、無理やりからだを動かしたら、考え方もおかしくなってくるさ。もしかしたら、シャブによっておかしくなるんじゃなくて、睡眠不足や空腹が人をおかしくしているのかもしれないよ。医学的なことはわからないけど、俺は経験上、そんな感じがしてるんだ。

で、そうやって食事と睡眠をおろそかにして長くシャブをやりつづけると、仕事がダメになって、だんだんシャブを買う金がなくなってきて、経済的に辛くなってくる。そうなると生活の歯車がずれていく。

金がないからシャブが手には入らない。シャブが手に入らないと仕事の生産性が落ちていく。仕事をしながらシャブをなんとか入手して、安全な場所でキメたい。歯車が狂っているのに無理やり立て直そうとするから、すべてが悪循環になっていく。もちろん、警察のことも気になる。そうなると、だれがシャブを持っているのか、どうやったら手に入るのか、安全にうまくやるにはどうしたらいいか、手を変え品を変え、いろんなことに手を出しはじめて、全部が裏目に出ていく。そして、ますます注意深くなっていく……」

「まあ、それが猜疑心っていうことだろうな」

オピウムのその声は、ひどく冷酷に聞こえた。

下品なのは覚せい剤かヘロインか

「狡猾とか猜疑心とか、ちょっと言い過ぎじゃないの？」

オピウムの言葉に、早見は少し強い口調でそう言った。

「いや、言い過ぎではないと思うな。メスは物事をクリアに見せてくれるとあんたはさっき言ったけど、それはクリアに見えるのではなくて、即物的な思考になるということじゃないのかな。つまり、物質や肉体にたいする欲望が増幅されていくだけなんだよ」

「いいじゃないかよ、それでも。世の中、物質がなかったら、それを手に入れるための金がなかったら、なんにもできない。精神世界とかインナートリップが大事とかいう奴に限って、働く努力もしないで批判ばかりして、最後には『金貸してくれ』って泣きついてきやがる。そのくせシャブはお洒落じゃないとか、優雅じゃないとか言う。

はっきり言うけど、シャブは最高のドラッグだぜ。コカインよりも効き目と持続力が上。ヘロインは病人みたいに動けなくなる。ＬＳＤやＭＤＭＡはヘラヘラするだけ。でも、シャブはちがう。シャキッとするんだよ。仕事して金稼いで、その金でシャブやって何が悪いんだよ。だいたい、ヘロインやってる奴は、理屈ばっかり多くて困っちまう」

早見は一気にまくし立てると、立ち上がってオピウムをにらんだ。

「しかし、ほとんどの奴は、メスをやりつづけた挙句にトラブルをおこして一文無しになったり立てこもったり自殺したりするのが多いだろう。あんたもそう言ってるじゃないか。結局はなにも残らないんだよ、そんなこととしても」

「なんだと。ヘロインなんて、ゴミみたいにうす汚くなって死んじまうじゃねえかよ。そんなことになんの意味があるんだよ。最低で下品なドラッグだよ、ヘロインは」

「いや、俺はそうは思わないな。あんたにはわからないだろうが、薄汚く路上に転がっていたとしても、ヘロインが血液に入っているうちは、俺たちは甘い夢の中にいられるんだよ。そこには物質も肉体への欲望も存在しない。そう、できれば自分の肉体さえいらないと思えるほどの甘い快楽があるんだよ」

「だから、それになんの意味があるんですか。おかしいでしょ。俺たちは今、この世界に生きてるんですよ。もしもーし、わかってますか。毎日起きて、飯食って、仕事して、金もらって、家族と自分を養って、また、眠る。まあ、実際にはシャブやってるとあんまり食わないし寝ないけどね。

でも俺はそれでいいの。この物質社会で、効率よく物事を進められればそれでいいんだよ。だらだらしてる暇なんかないんだからさ。御託並べてる暇があったら、あんたもしっかり働けよ。働かざるもの吸うべからずだぜ」

「早見、そこまで言うなら、言わせてもらうよ。ヘロインをどんなにやっても最後は路上で薄汚くころがるだけだ。立てこもったり、そう状態になって周囲をトラブルに巻き込むことはない。なんてったって、動けなくなるんだから。しかし、メスはなんだ。効率アップのための手段でしかないし、そのいきつく先はハイパーアクティブとなって人殺しだ。君が戦争とメスの関係を説明してくれたように、メスをやると最後は人を殺すんだよ！」

「なんだと、このクソヘロイン野郎！」

「やめろよ二人とも。ここで怒ったって意味ないよ」

やり取りを黙って聞いていたカナビスが言った。

第2章

ヘロイン

昇華

オピウム・ワン

本当に気持ち良くなるのは吐いた後

しばらく沈黙がつづいた。

ストリートからは物売りの声が聞こえ、時折、バイクが通り過ぎる。ゲストハウスのカウンターでは、オヤジが再びグラスを磨いている。

椅子の背にもたれて目を閉じていたオピウムが口を開いた。

「確かにヘロインのほうが最低かもしれないな」

そう言って頭の後ろで両腕を組み、軽く息を吐く。

「俺がヘロインを最初にやったのは、17歳の時だった」

オピウムは通りに面した窓を見つめている。早見はテーブルに頬杖を突きながら、自分のグラスを見つめている。

「最初は、友だちに勧められた。チェンマイからの土産だと言ってたよ。2センチ四方の小さな紙に包んだパケを胸のポケットから取り出して包みを開くと、申し訳程度の白い粉が入っていた」

とつとつと話しはじめたオピウムに、カナビスとオヤジが視線を向ける。

「友だちはズボンのポケットから小さなナイフを取り出すと、包みの中の白い粉をナイフの先で少しだけすくい、アルミホイルの上にのせた。そして、筒状にまいた1ドル札を口にくわえると、ライターで炙って一息に吸い込んだんだ」

「シャブと一緒だな」

思わず早見がそう言った。

「やり方は一緒だが、メスのようにゆっくりと液状に溶けるのではなく、ヘロインは直ぐに気化して煙になる。それを一息に吸い込むと、友だちはソファーに深く沈み込んだ。そしてしばらくすると彼は俺に勧めてきたんだよ。もちろん俺は、彼が差し出した1ドル札の筒を受け取ると、アルミの上のヘロインに筒の先を近づけた。そして、彼の合図で煙を深く吸い込むと、彼と同じようにソファーにもたれて息を止めて目を閉じた」

オピウムはゆっくりと目を閉じ、話をつづける。

「初めて吸った瞬間、一気に血の気が引くような、少し気が遠くなったような感じがしたよ。それは、快感というよりも脱力感と言ったほうがいいかな。早見が言ったように、フワフワした感じで、正直言うと、何が気持ちいいのかわからなかった。

友だちは、つづけ様に俺にヘロインを勧めた。3発キメた時には、ソファーに座り込んだまま、グッタリしてしまった。それと同時にムカムカと吐き気がしてきた。俺は友人の手前、吐いてしまうのが悔しくて、ずっと我慢していたんだよ。そして4発目を吸った直後、強烈な吐き気が襲ってきた。すると友だちは、そんな俺の状況をお見通しのようで、『我慢しないで吐いてきなよ』と言ったんだ」

「そうなんだよな、気持ち悪くなるんだよ」

いつの間にかオピウムに向いて聞いていた早見は、頷きながら言った。

「ヘロインをしっている者だったら、そんなことは常識なんだが、その時はそんなことも知らずに、ずっと我慢していた。しかし、ついに我慢できずにトイレで吐いた。胃の中の物を全部吐き出したよ。

でも、吐き終わった瞬間に、すごく気分が良くなった。血の気が引いていたのが一気に回復したんだ。不思議なもんだよな。表情を一変させてトイレから戻ってきた俺を見た友だちは、笑いながら『言ったとおりだろ？』と言ったよ。今思えば当たり前のことなんだが、ヘロインをやるには、誰もがこの洗礼を受ける。この吐き気を数回繰り返していくことで、どんどんヘロインにのめりこんでいくんだよ」

「でも、気持ち悪くなるのはやだなぁ。だって気持ち良くなるためにやるんだろう？」

早見はすっかり機嫌が直って、興味津々でオピウムに質問する。オピウムも笑いながら答えた。

「そりゃあもちろんだ。だけどこればかりはしょうがない。だから皆、この吐き気をやり過ごすためにいろんな工夫をしている。何度ヘロインをやった奴でも、久しぶりにヘロインを入れると必ず吐き気を伴う。だからその前には空腹にしておくとかね。面白い例では、空腹にしておいて、フルーツをたくさん食べてからヘロインを入れるんだ。そうすると、吐いた時にフルーツの味がするから少しは楽だとか言っていた人もいるよ。まあ、みんないろいろと工夫してる。感心するよ」

「種類はちがっても、ドラッグのやり方や道具には、それぞれの工夫が出てくるよな。まあこれはドラッグというより、嗜好品全般にいえることだけどね。で、気持ち悪いのがどんなふうに快楽に変わっていくんだい」

「人それぞれではあるけれど、吐いてしまうと全身の力が抜けたような状態になって、ぐったりとしてしまう。その状態でつづけて吸っていると、目が回って動けなくなってしまう場合が多いよ。貧血に似た状態なのかな。もしかしたら血圧も下がっているのかもしれない。

とにかく、気持ちいいのは気持ちいいんだけど、早見が言うように、何か中途半端な気持ち良さだ。からだ中がゾワゾワした感じで、むず痒《がゆ》い感じというか、実際にポリポリ掻きはじめたりするよな。それがなぜなのかは俺もわからないけどね」

オピウムはそう言いながら、左手で首筋を掻いている。

「でも、本当に気持ち良くなるのはその後だ。ゾワゾワ感が過ぎていくと、何となくもう少しヘロインを吸いたくなってくる。そして、ナイフの先に白い粉をすくいあげて銀紙の上にのせて炙る。よく観察してみると、白い粉に熱が加わった瞬間に真っ白いヘロインがカルメラのような茶色い液状になって沸々と泡立ちながら気化していくんだ。その瞬間、1ドル札のストローを近づけて煙を吸い込む。茶色いカルメラは急激に炭化して、黒い染みが銀紙の上に残る。目を瞑り、ソファーに深く沈む。すると、からだ中にあのゾワゾワ感が蘇り、股間もゾワゾワしてくるんだよ」

「へえ、股間も。どんな感じに？」

「そうだなあ。子どものころ、のぼり棒にのぼったとき、チンポコがムズムズしたのに似てるかなあ」

「なるほどねえ。何となくわかるよ」

早見は笑いながら頷いた。オピウムはポケットから煙草と共に小さな紙包みを取り出すと、そっと開いた。中には、きめの細かい白い粉が包みに押し固められたように入っている。オピウムは煙草を1本取り出すと、その先を白い粉に押し付けた。

包みからゆっくりと持ち上げられた煙草の先端には、たっぷりと白い粉が付いている。粉が落ちないように慎重に煙草を垂直に立てると、オピウムはその煙草を咥えてライターで火をつけた。早見とカナビスは、オピウムのその動きを、息をのむように無言で見つめている。

オピウムは、煙草の煙を深く吸い込むと、ゆっくりと吐き出した。

「おいおい、そういうことは部屋でやってくれよ」

グラスを磨く手を止めたオヤジは、強い口調で言った。

オピウムは椅子の背にもたれ、何も答えない。右手に持った煙草から、ゆっくりと煙が立ち上っている。虚ろな眼差しは遠くを見つめているようだ。

オピウムの突然の行動を、早見はあっけにとられて見つめている。オピウムはまだ動かない。さっきまでの哲学者のような表情は一変している。顔の筋肉は弛緩し、目は虚ろだ。

早見は東京で、こんな眼差しをたくさん見てきた。やはりこいつもジャンキーだ。オピウムの突然の衝動的な行動を目の当たりにした早見は、ヘロインの持つ魔力に圧倒された。

3日も吸えば中毒症状

「ウーン」

オピウムは低い声でそう呻《うめ》くと、ゆっくりと息を吐いた。

「すまなかった。話をしていたらどうしても吸いたくなってね」

今度は両腕を上にして大きく伸びをした。

「あー、元気になってきたよ」

「ヘロインを吸うと、ぐったりするんじゃないのか」

思わず早見が質問した。

「ああ、最初のうちはぐったりするけど、俺のように長くつづけていると入れた瞬間はむしろハイになるんだ。気分が高揚するんだよ」

「ヘロインはダウナーなのに、ハイになっちゃうの」

「そうだ。ヘロインが切れている状態はぐったりとして食欲もないんだが、入れた途端にからだがすっきりと軽くなって、気分も楽になるんだ。食欲も湧いてくるんだよ。面白いだろ。ダウナーでもハイになる感覚は、例えば酒を飲むのと似ているかもしれない。酒は本来、飲むとぐったりするダウナーなものだけど、飲みはじめは陽気になったりするだろう。あの作用に近いんじゃないかな」

「なるほど」

確かに今のオピウムからは、さっきまでの淀んだ表情は消え、晴れ晴れとしている。

「ヘロインの本当の快楽は、中毒からはじまるんだ」

オピウムは、手に持った煙草を灰皿に置くと、早見の目を見つめた。

「中毒から？」

「そう、中毒からだ。しかもヘロインは、３日も吸えば中毒症状がはじまるんだよ」

「そんなに早くかい」

「ああ、それだけヘロインの依存性は強力だ」

煙草の煙が窓から差し込む光の中で揺れている。それは、きれいな曲線を描いて昇る小さなドラゴンのようだ。オピウムの話はつづく。

「ヘロインを吸いはじめる。１日目、２日目、３日目。最初に比べて、明らかに吸う量が増えてくる。同時に、切れた時の苦しさも強くなる。だから思わず、前よりも多めにヘロインを入れる。すると、途端に元気になる。元気になると同時に、快楽が訪れるんだ。苦しさと元気との落差が大きければ大きいほど、快楽は増していくんだよ」

「シャブとはちがうな」

すかさず早見が答える。

「まったくちがう。メスやコカインは使用することで元気になっていくが、ヘロインの場合は、何と言うか、生命力を弱らせていくことで快楽を得るんだよ」

「生命力を弱らせる？」

「そう。ヘロインは、やればやるほど依存度が強くなる。夢うつつという表現がぴったりだな。寝ても熟睡しているのかどうかわからない。悪夢も見るようになったよ。夢の中で暗闇の中で走ってくる足音がどんどん大きくなって、ハッと飛び起きたりする。だけど、その夢が魅力的なんだ。悪夢なんだけどエロティックだったりするんだよ」

「へえ、エロティックってどんな感じなんだよ」

早見は前のめりにテーブルに肘をつき、頬をあてて聞いてきた。

「エロティックといっても、メスとちがってギンギンに勃起したりするわけじゃない。むしろその逆だ」

「そうなんだ」

「むしろ、ヘロインの快楽以外のすべての欲望が消えてしまう」

「すべての欲望？」

「そう、食欲も性欲も、そして睡眠欲さえもあるのかどうかわからない」

「食欲がわかなくなるのはわかるな。あと眠くならないのも」

「うん、眠くならない感覚はメスとは少しちがうけど、食欲がなくなる感覚は一緒かもしれないな。3日も4日も飯を食わないと排泄もしなくなる。すると、そんな行為が穢《けが》れたことのように感じてくるんだよ。セックスしたり射精することも、つまらないことのように感じてくる」

「まるで、拒食症みたいな感覚だな。性欲はまったくないのかい」

覚醒状態で夢精するほどの快楽

オピウムは、煙草を手に取ると深く吸い込んだ。そして、ゆっくりと煙を吐き出し、灰皿にねじ込むように押し付けた。テーブルの上が白い煙で覆われる。

「いや、そうでもない。夢の闇の中に現れる黒いサテンのドレスに包まれた尻や、赤く濡れた唇とかに欲情したり、実際の女の振り向いた仕草とかにも敏感に感じることがあるよ。人それぞれだろうけどね」

「ほとんどフェチの世界だなあ。でもセックスはしないんだよね」

「勃たないからな。でも射精はあるよ」

「勃たないのに？」

早見は話のつづきを待っている。

「ある時、部屋でキメて、女のことを考えていたら、だんだん興奮してきた」

「それで」

「女との今までのありとあらゆるいやらしい行為を思い出したりしていた。そのうちに、夢に出てきた女を想像しはじめた。女を脱がせて、たっぷりと愛撫していたら、その女が跨《また》ってきたんだよ」

「それで」

他の男たちも再び身を乗り出した。

「目を閉じている俺の頭の中で、女は俺のチンポコを右手で軽くつかむと、ゆっくりと紅く濡れたオマンコに沈めていったんだ」

　男たちは無言で聞いている。

「騎乗位で腰を振る女の姿が、リアルに浮かんでいる。俺はそれが、想像なのか現実なのかわからなくなるくらい興奮してる。女は目を開けて、俺をじっと見つめながら腰を振っているんだ」

「おお、いいねぇ」

　早見は腕組みしながら、そう言った。

「俺はついに耐えられなくなって、いっちゃったんだよ」

「えっ、いっちゃったって射精したの？」

　早見は少し驚いたように尋ねる。

「うん」

　オピウムは軽い口調で頷いた。

「手も使わずに？」

「そうだ。しかも勃起していない」

「スゲ～」

男たちは皆一様に感心している。

「ヘロインの快楽に溺れて間もないころ、数回、そんな経験をしたよ。あれは気持ち良かったな」

飄々《ひょうひょう》と答えるオピウムに、早見は小学生のように聞いた。

「覚醒状態で夢精ですか」

「そうそう、そんな感じ」

「いいな～」

早見は感心して、「いいな～」を連発している。他の男たちも頷いている。するとオピウムは、神妙な顔つきに変わり、声のトーンを少し落とした。

「だけど、そうなると簡単にはやめられない」

「どうなる?」

早見は芝居がかったオピウムの言葉に吸い込まれた。

「命を落とすこともある」

「……」

オピウムは冷め切ったミルクティを一口飲むと椅子に座り直し、早見の眉間によった皺を見てから、話をつづける。

「メスの場合は、クスリが切れたら怒りやすくなったり妄想が現れたりするけど、最終的には寝てしまえば回復していくだろう？」

「そうだな。心臓発作などのショックで死ぬことはあっても、シャブが切れることで死ぬことはないな」

「しかし、ヘロインはちがう。中毒者が急にヘロインをやめると、嘔吐やひどい下痢で、とても耐えられない。衰弱して、脱水症状などで死ぬこともある。だからヘロインなしでは生きられなくなっていくんだ」

早見は少し考えてから言った。

「……それがヘロイン中毒者の本当の姿か。とはいえ、ヘロインをやればやるほど、その状態はひどくなっていくわけだろ。さっき、生命力を弱らせていくことで快楽を得る、って言ったよな。つまり、死が近づくほど、快楽が強まっていくわけか」

「その通り。長く使用していればいるほど、ヘロインとの関係は深くなっていく。そして、重度のヘロイン中毒者にとって、ヘロインがないことは死を意味するようになる。その代わり、ヘロインは深い快楽を与えてくれる。肉体にも精神にも、とてつもなく甘く妖しい快感を刻み付けてくれる。それに抗える者はおそらくいないだろう。それは、ヘロインの原料であるケシという植物の精が持つ魔法だと俺は思うよ。人間を虜《とりこ》にすることで、ケシは子孫を繁栄させてきたんだ」

オピウムはそう言うと、ティーカップにもう一度口を付けた。

ヘロインは嫉妬深い女

「だけど、そこまでくるともう止められないな。まるで雪山を全裸でさまよっているときに、露天風呂を見つけて入っちゃったようなもんだな」

「なんだそりゃ」

早見の突拍子もない例え話に、思わずカウンターのオヤジが突っ込んだ。早見はオヤジの方を振り向く。

「だって、服がない状態で雪山の露天風呂に入ったら、その時は気持ちいいけど二度と出られないだろ。しかも、時間が経つにつれ確実にからだは衰弱していく。おー、こわいこわい」

「まあ……そういうことだな」

　オヤジは早見の例えのくだらなさに苦笑しながらも、頷いた。オピウムが話をつづける。

「もしもヘロインと手を切ろうとしたとしたら、大変だ。そこまでの道のりが長ければ長いほど、じっくりと慎重に量を減らしていくしかない。しかし、そんなことを自発的にやる奴は少ないだろうな。ヘロイン中毒者は、そんな強い意志なんて持っちゃいない。そもそも意志を弱くしていくクスリでもあるからな、ヘロインは」

「ヘロインが切れると、具体的にはどんなふうになるんだい？」

「とにかく自律神経がおかしくなる。使用している量や期間によって、症状の重さは異なるが、基本的には同じ症状だ。具体的には、呼吸器系がおかしくなる。喘息のように気管支が狭くなるんだろうな。はじめは風邪をこじらせたような感じで、とにかく息をするのがつらい。咳も出てくる。鼻水や涙が流れ、下痢もひどくなる。そして、悪寒がはしり、からだの節々が痛くなり、やがて耐えられない激痛が走る。

　ベッドに横になって寝ようとしても眠れない。体温調節機能もおかしくなってくるから、急に暑くなったり強力な寒気に襲われたりして、気が狂いそうだよ。以前、どうにも手に入らないときに、咳をしたとたん肋骨にひびが入ったこともある。とにかく地獄の苦しみだ」

「酒とか飲んだらどうなの？」

「だめだめ。最初のころに一度試してみたけど、俺は悪寒がますますひどくなったよ。とにかくヘロインが切れると、ひどい」

「だけど、やりつづけても死んじゃうんだろう？」

早見は不思議そうな顔でそう質問した。オピウムは笑いながら言った。

「そうだよ。やりつづけると死ぬ。というか、死ぬまでやりつづけるんだ」

「それが麻薬なんだな」

「そう。俺は鼻から吸い込むスナッフィングやさっきのように煙にして入れるけど、注射器を使いはじめたら歯止めが効かなくなる」

「そりゃそうだ。炙ってこれじゃあ、ポンプじゃすごいことになるな」

早見は無意識のうちに、自分の左腕のいつも注射するあたりをさすっている。

「いっそ注射をと思うこともあるけど、俺はそこまではやらないよ、今はね。だが、もう長い間やりつづけているから、ちょっとやそっとじゃ元には戻らない。しかも、その道のりはキツイし辛い。俺にはそんな勇気はないね。それよりも、一服したあとの恍惚感の中にいたい、永遠にいたいよ」

「でもやっぱり、そんなの最低だぜ。健康第一ってことだよ」

早見の言葉にオピウムとカナビスは顔を見合わせて笑った。早見は何で笑われたのか納得がいかない。

「マジな話、体調管理はしてるんだろ。そうじゃなけりゃ、ネタを扱える訳がねえよ」

オピウムは笑うのをやめて、少し真面目な表情で早見の問いに答える。

「ああ、もちろんだ。俺の場合は2週間入れつづけたら5日間かけて抜くようにしてる。完全には抜けないから、少しずつ量を減らしていくんだ。やり方は人それぞれだけど、1日分を小分けにして、減らしていくんだよ」

「随分と几帳面じゃないか。俺のこと言えないよな」

早見は少し小馬鹿にしたように言った。

「その通り。とにかく慎重に抜いていくんだ。だけど、一気にやめたら大変なことになる。手持ちのヘロインがいきなりなくなったとしたら、さっき言った症状が一度に出てきてのた打ちまわる。からだ中が痛み、疼《うず》き、精神的にもひどいことになるんだよ」

「どうなるんだ」

「ヘロインが欲しくて欲しくて、そのことしか考えられない。ヘロインを手に入れるためには、何をしてもかまわない、そんな気持ちになっちまうんだよ」

「シャブと一緒か……」

するとこれまで黙って聞いていたカウンターのオヤジが口を開いた。

「いや、メスなんてもんじゃない。それこそ、さっきあんたが言ったように、最後は病人のように道端にへたり込んで、ヘロインを求めつづけるんだよ。このオピウムも、うちの店の前で倒れてたクチさ」

オヤジはそう言うと大きな声で笑った。オピウムは苦笑しながら、

「ああ、あの時は命拾いしたよ。オヤジさんの気まぐれに救われたぜ。一文無しになって旅をつづけることもできず、一緒にいた女にも愛想を尽かされて他の男と逃げられたよ。ひでえ話さ」

「ひでえな」

早見が同情するように頷くと、オヤジが言った。

「当たり前だろう、あれじゃ誰だって愛想を尽かすぜ。なんたってこいつは、女の金に何

度も手を出しちゃあヘロインを買って、女と揉めてたからな。この辺りじゃ有名な話だよ。結局彼女は、アフガンから流れてきた男とどっかにいっちまったよ。でもな、彼女を責めるのはお門違いだ」

オピウムは大きくため息をついた。

「ああ。俺は最低だったからな。で、あの男は別れ際に、すっからかんの俺に、持っていたアフガン産のヘロインをたんまりと置いていったよ。まるで女と引き換えのようにな。それでも俺は、かまわなかった。結局俺は、そのネタを一人で全部使い切り、気がついたら道端でのた打ちまわっていたんだ」

早見は何か言いかけたが、言葉をのんだ。窓の外を見ると、日が少し西に傾いてきたようだ。新しくこの町に到着した旅人の姿がちらほらと見えてきた。早見は、もう一度オピウムのほうを見た。だが、彼は黙ったままだ。おずおずと聞いてみる。

「どうやって治したの」

「オヤジさんのおかげだ」

「あのままじゃ死んじまうからな。俺もオピウムには少しは世話になったこともあったんで、部屋に入れてヘロインを吸わせたよ」

「えー、それじゃダメじゃん！」

早見の素っ頓狂な声に、オヤジが笑いながら答える。

「いやいや、さっき言っただろう。いきなりやめたほうがダメージが大きいんだよ。まったくヘロインがキレたままじゃ、からだも苦しいし飯も食えない。ヘロインがキレた状態は、病気と同じ。だから、ゆっくりとからだからヘロインを抜いていくんだ。注射器は使わせずに量をコントロールしながらゆっくりと減らしていくんだよ」

「ガンジャも使ったよね」

カナビスが明るい声でそう言った。

「ガンジャってマリファナのことか？」

「ああ、カナビスのところの極上のハーブを使ったよ。大麻は有益な薬草だ。大麻を吸うと心身共にリラックスするし、食欲も湧くからな。それで、少しずつからだからヘロインを減らして、最後は数日間だけヘロインを完全にやめさせた。ずいぶん時間がかかったがな。もちろん、完全には抜けちゃいないし、やめられないだろうが、注射器を使うことはやめたようだな」

「ああ、オヤジさんには感謝してる。それ以来このゲストハウスで、ヘロインの仕入れ担当みたいなことをやってるってわけさ。大きな声では言えないけどな」

「なんだかわからなくなってきたぞ。麻薬をやめるのに麻薬をやるのか」

オピウムは笑いながら早見を見た。

「おかしな話だろ。ヘロインと手を切るにしても、やはりヘロインが必要なんだ。病院の治療ではメタドンなどの薬を使ってヘロインを解毒していく。しかし、ここにはメタドンなんてない。ヘロインで歩んできた道を後戻りするにも、やはりヘロインが必要なのさ。しかも、ゆっくりと後戻りしていくんだ。

俺にとってヘロインは、嫉妬深い女みたいなもんだ。そいつに惚れて溺れている間は、甘い快楽で包んでくれる。中毒になればなるほど、甘美な世界を魅させてくれるんだ。だけど、女が嫌になってすっぱり別れようなんて思ったとたん、命を落としかねない。ゆっくりと、気づかれないように、少しずつ後ずさりするしかないんだよ」

「わかるような、わからないような……」

「だからもしかしたら、俺はすでに死んでいるんじゃないかと思うことがあるんだ。ヘロインと手を切った瞬間に死んでしまうような俺は、死んでいるも同然なんじゃないかってね」

アセンションってなんだ

「ふうん」

早見はほとんど水になりかけているアイスティを一口飲み、オピウムの言葉を待った。

「そう思うようになってから俺は、いつも死を感じながら生きるようになった。オヤジさんに助けられたあとはとくに。すると、生きているものが生き生きと見えてきた。それは俺が、死の闇からこの世界を見ているからかもしれない。常に死を想って生きていると、まったくちがう世界が見えてくる」

「そんなもんかねぇ」

早見はあえて突き放したように答えた。しかし、オピウムはつづける。

「死の際に立っていると、世界が目に見えない別の力で動いているのがわかる。この世界は、複数の時間と空間が交差して成立している。だから、エネルギーの流れを見極めることが重要なんだ」

「また、わからないことを言い出したよ」

「メスをやって、覚醒した時に気づかないか？　俺はいつでも感じているよ。だから、行動の仕方にも俺なりのルールがある」

「どんなルール？」

「ひと言では言えないが、夢や自然からのサインを常に意識するんだ。いや、意識しなくても、自然と感じられるようになる。人々の会話の中やサインボードから飛び込んでくる言葉や図形やリズム、そんなことの中にもメッセージは込められている。時には道端の猫が語りかけてくることもある」

「猫がぁ？」

「うん。もっとわかりやすく言うと、ネタを仕入れたり、危険な場所へいく時は、俺の場合はきっちりとベッドメイクをしてから出かけるよ」

　早見はうんざりした。

「そんな自意識過剰な超知覚とか迷信、ましてや猫と会話できるなんて本気で信じてんのか。確かに俺も、シャブやりすぎて幻聴が聞こえる時はあるよ。でもそれは、睡眠不足や体調不良による幻聴にすぎない。リアルじゃないんだよ。そんなことをまともに信じてるから、ますますおかしくなっちゃう。そういうの、スピ系に多いんだよなぁ。そういえば、ここ最近、アセンションがどうのこうのって言ってる奴がいたなぁ。だいたい、アセンションて何なんだ？」

捲《まく》し立てる早見をなだめるように、両手のひらで軽く押すような仕草をしながら、オピウムがゆっくりとした口調で話を進める。

「次元上昇のことだね」

「次元上昇？」

「うん。アセンションには上昇とか昇天とか即位って意味があるんだが、君の言うアセンションは次元上昇、つまり、今の次元よりも高い次元に昇華することを言うんだよ」

「今の次元って三次元から上へいくってことかい？」

「簡単に言えばそういうことになるな」

「また怪しい話だなぁ。俺も今まで何となく聞き流していたけど、まぁいいや。いい機会だからじっくり聞きたいね、アセンションのことをさ」

早見はそう言うと、きちんと座りなおした。

五次元世界はあるか

「じゃあ、俺のわかる範囲で説明してみるよ」

オピウムも早見にならって、きちんと座りなおす。

「この世界は一つじゃない。今この場所にも、多くの世界が重なり合うように存在している。いわゆる多次元世界なんだよ」

「ほう」

「それは、マルチバース（multiverse）とか、メタ・ユニバース（meta-universe）、多元宇宙とも呼ばれているんだが、この宇宙は三次元だけではなく、四次元や五次元などすべての次元が同時に存在しているんだ。物質も時間も空間もエネルギーもすべて同時に存在している。量子物理学の世界でも、そう考えられている」

「えっ、科学でも？」

「そうだ。量子とは物理量の最小単位。簡単に言うと、この宇宙にあるものの一番小さなものと考えればいい。そして、すべてのものは、この細かい量子がたくさん集まって、一つの塊としてできているんだよ。俺も早見もこのテーブルも、細かく見ていくと、量子の塊というわけだ」

「なるほど、量子とは砂でつくった人形の一粒一粒の砂みたいなもんかな」

「そうだ。で、量子というのは、普段は位置が固定されていないんだ」

「位置が固定されていない？」

「例えば、量子が一粒、密閉された箱の中に入っていたとする。普通に考えたら、一粒の量子は四隅のどこかか、真ん中あたりにポツンと置いてあると考えるよな？」

「そうだね、場所はどこかわからないけど、どこかに置いてあるよね」

「ところが、量子はそうはならない。箱の中の量子は、四隅にも真ん中にも置いてある状態なんだ」

「どういうこと？」

「すべての場所に置かれている状態なんだよ。だれも見ていない状態での量子は、ある一定の場所にとどまることはない」

「よくわからないな」

「うん、わかりづらいよな。量子が箱の中のスペース全体に霧のように広がっているようなイメージかな。量子は、箱の中のすべての場所にあるんだよ」

「場所が確定されていないってことか」

「そういうこと。だけど、その蓋を開けた瞬間に、量子の位置が確定するんだ」

「どういうこと？」

「蓋を開けた人、つまり観察者が見た瞬間に、霧のようにすべての場所に存在していた量子は、一つに固定されるんだ」

「そんなことがあるのか？」

「あるんだ。量子物理学では、それがわかっている。量子を観察者が見ることで様々な要素が働いて、量子は一粒に固定され位置が確定する。これは不確定性原理とよばれていて、ドイツの理論物理学者のハイゼンベルクによって提唱されたんだ。現在では、その仮説は様々な実験によって証明されている事実なんだよ」

　早見は目を丸くして、オピウムを見ている。

「また、オーストリア生まれの物理学者のシュレディンガーは『シュレディンガーの猫』と呼ばれる、一つのモデルをつくった」

「猫？」

「そう。たとえば、箱の中に猫と、一瞬で死んでしまう毒薬の入った瓶と量子を一粒入れる。量子の位置によっては、瓶が割れて、猫は死んでしまうんだ」

「それで？」

と早見。

「さっきの話で考えると、蓋の閉まっている箱の中では、量子はあらゆるところにあるわけだよね」

「そうだな」

「つまり、密閉されている箱の中では、瓶が割れている状態も割れていない状態もある。当然猫は、死んでいる状態でもあり、生きている状態でもある。箱の中には重なった複数の猫が存在するということになるんだ」

「理屈ではそうなるな。でも、不思議な話だな」

「しかしその後、１９５７年に、当時アメリカのプリンストン大学の学院生だったヒュー・エヴェレット三世という人物が、あることに気づくんだよ」

「どんなこと」

「例えば、観察者の早見が箱の蓋をあけると、量子の位置は確定し、猫は死んでいるか生きているかのどちらかになる。しかし、早見自身も量子でできているわけだから、早見にもその理論をあてはめないとおかしいよな」

「うん、すべては量子でできてるわけだからな」

「だとすると、そこには、死んだ猫を見ている早見と、生きている猫を見ている早見が同時に存在しているということになるよな」

「確かにそうだな。うーん。でも、もし蓋を開けたら、もう一人の俺はどこにいっちゃったんだよ。おかしくないか？」

「おかしくないんだ。そしてどこにもいっちゃいないよ。もう一人のお前も、ここに重なって存在してるんだよ。蓋を開けた瞬間に、猫が死んでいる世界と生きている世界とに分岐していくという考え方もある。そして、面白いことに、その分岐は、意志をもった観察者が見た瞬間におきるんだ。なぜそうなるのかは俺にはわからないけど、それが量子力学の多世界解釈というものなんだよ」

「なんか薄気味悪いな」

「それだけじゃないんだ。最近の研究では、ハーバード大学のリサ・ランドールという美人の博士が、五次元の存在に言及しているんだよ。彼女曰《いわ》く、五次元は抽象的で、思い描くのは難しいが、俺たちのいる三次元空間だけでなく、五次元や他の次元もあるというんだよ」

「やっぱり五次元はあるのか」

早見はまだ、半分納得のいかない様子でオピウムの話を聞いている。

「彼女が、その世界を発見したのは、素粒子の研究中だったそうだ。原子核を構成する素粒子の中に、この三次元の世界から姿を消すものが存在するという矛盾に彼女は気づいた。素粒子はなくなるはずがないのに、消えてしまう。しかし、その素粒子が別の次元に飛び出していったと考えると、矛盾が解決することに気づいたんだ。

彼女によると、三次元の世界を取り囲む五次元の世界には、さらに別の三次元の世界が存在している。そして、次元を超えて、重力エネルギーが行き来していると考えられているそうだ。この考えが正しければ、別の次元は、俺たちには見えないが、すぐそばにあるだろうと彼女は言っているんだ。現在、彼女の理論を実証するために、欧州合同原子核研究所で国際規模の実験がおこなわれている。最先端の科学でも、多次元の存在が解明されつつあるんだ」

「うーん」

早見は何も言わずに口を尖らせて天井に目を向ける。

「その一方で、物質の最小単位である粒子というものがある。さっきの量子と同じように、俺たちを含めた万物はすべて、この粒子の塊だと考えてくれ。そして、粒子は様々な周波数で振動してるんだ。正確には振動ではないんだが、わかりやすく振動と言っている。そして、これを波動とも呼ぶんだ」

「あっ、波動っていうのもよく聞くな。アセンションの話の中で」

「そうだよな。そして、光も光の粒子である光子（フォトン）であり、光子（フォトン）もある周波数の波動で動いている。大ざっぱだけど、ここまではわかったかな」

「ああ、何となくわかった気がする」

オピウムは、カップのミルクティを飲み干した。

バスはいっちまった

「今までの話は、物理学の話だ。頭を一度リセットしてくれ。これからが本題だ」

「えぇっ！　リセットするの？」

「そうだ」

早見は目を瞑り、頭を軽く振ってみた。オピウムが話を進める。

「アセンションとは、物質世界から精神世界へと昇華すること。たとえば、キリストの昇天を Ascension of Christ という。これもアセンションだ。つまり、三次元から五次元へ移行することをいうんだよ」

「そんなことができるのか?」

「できる」

「どうやって?」

「自分の波動を高次元にシフトしていく」

「だから、どうやって波動を変えていくんだよ」

早見の口調が少し強くなった。

「俺たちも、ここにあるすべてのものも皆、それぞれの周波数の波動によって振動している。俺たちの、あらゆる思考や行動や感情や言葉も波動なんだ。そして、その波動によってオーラが形成されているという考え方がある」

「オーラかぁ。また定番が出てきたぞ」

「まあ、聞けよ。アセンションに至るには、俺たちの波動を高次元のレベルで輝くまで、引き上げなくてはならない。そのために、思考を浄化し、感情を洗い流して、最高の善のために愛に満ちた選択をしなくちゃいけないんだ。まあ、これは、スピリチュアリストのダイアナ・クーパーという人の言葉だけどな」

「宗教みたいだな」

「その通りだ。あらゆる宗教の共通した目的は、アセンションと同じものだと考えてもいいだろうな。それを達成するために、人は祈り、善行を重ねていく。瞑想をしたりヨガをやったり、あるいは愛し慈しむ心を持つことで心の平安を獲得する。それによって波動が調整されていくんだ」

「そんなことがあるのかな」

「ある。人間の五感なんて、この宇宙を感じ取る方法としてはほんのわずかな手段でしかない。でも、そんな人間でも、様々なおこないをすることで、第六感や、それ以上の感覚を研ぎ澄ますことができるんだ。その能力を拡大していくことが、高次元へ移行していくことだと考えてもいい。そのためには、心や魂を磨いていくことが大切なんだよ。

心や魂、あるいは祈りの中に込められたパワーそのものは、目に見えない。しかし、それは自分の中に確実に存在するものだよね。つまり、これらのもの自体がすでに高次元のものだと言うこともできる。さらに心や魂を高めていくためには、それを包み込んでいる肉体自体も軽くしていかなくてはならない。そのために、食事を軽くして、肉食を控えたり、からだを鍛錬していくんだよ」

「まったくもって、坊主の修行と同じだな」

「そうだな。すべては同じ方向に向かっている。心とからだは一体なんだ。そして、それを高めていくための意識と行為も大切なんだよ。大切なことを大切と思い、美しいものを美しいと愛し、感謝の心を言葉にして伝えること、そんな何気ないことをおこなっていくことが大切なんだ。そしてもう一つ大切なことがある」

「なんだい？」

「自分という存在は霊魂そのものであり、それは大いなる聖なるものの一部であるという意識が大切なんだ」

「大いなる聖なるものの一部？」

「そうだ。ワンネスとかサムシング・グレートなどと呼ばれることもあるけど、俺たちの魂、霊的エネルギーは、大いなる聖なるものの一部であり、それと俺たちの魂は、常に繋《つな》がっているんだ。そのことを信じ、意識することが何よりも大切なんだ。リサ・ランドール博士が言っている多次元との間は、重力だけではなくて、意識そのものも行き来できるんだろうな。そうであるならば、異次元や異空間に存在する別の意識との交信もできるということになる」

「うーん、わからなくなってきた。しかし、俺に見えない世界があるということは、何となくわかってきたよ」

「そしてもう一つ。太陽系は天の川銀河団の中心にあるアルシオネ星の周りを、5万2000年周期で回っていて、2012年12月23日でその周期が完結したんだ。そして、この日から地球は、『フォトン・ベルト』と呼ばれる大量の光子（フォトン）の流れの中にすっぽりと入っていき、その後、地球全体が光子（フォトン）を浴びつづけることになる。そして、この日を境にフォトンが臨界点に達し、エネルギー波動が変化をはじめる」

「なんかわからないけど、うん」

「そこで、アセンションだ。アセンションするには、自分の波動周波数を上げていく必要がある。そのための外的作用として、今言ったフォトン・ベルトによる影響で、地球全体の波動周波数も高まってゆく。そして、最終的には自分の周波数を光と同等にまで高めていくんだ。そして、アセンションする」

　早見は眉間に皺を寄せながらも頷いて聞いている。

「そして、実はこの地球では画期的なアセンションのタイミングがあるんだ。その時、地球全体が丸ごとアセンションする。そのことは、宇宙全体にとっても画期的なことだった。そのため、高次元意識はもちろんのこと、様々な星の意識体も、地球上にコミットしてきたんだよ、プレアデスとかシリウスとかね」

「ちょっと待てよ、宇宙人の話かよ」

「そうだ、他の惑星からのコンタクトだ」

「おいおい、それじゃトンデモ話じゃないかよ」

　オピウムは早見の言葉を無視してつづける。

「他の惑星の意識や、高次元からの意識体は、高次元に向かおうとしている人間たちの意識と直接コンタクトを取り、マスターとして、アセンションを志す者たちをガイダンスするんだ。だがそれは、今はじまったことじゃない。この地球上で、何千年も前からおこなわれていることだ。時に彼らは、天使とか守護とかと呼ばれることもあった。そして彼らは、地球上のすべての魂を、一つも残さずにアセンションすることを目指しているんだ」

「随分と勝手な話だな。少なくとも俺は、アセンションなんてしないぜ」

「ああ、お前も俺もアセンションしてないな。今回の地球でのアセンションは、時が決まっていたんだ」

「いつ？」

「2012年の冬至がそのタイミングだった」

「2012年って……終わっちゃってるじゃんかよ！」

「そう、2012年をピークとした、前後25年間という考え方もあるようだが、どうも大規模なアセンション行きのバスはいっちまったようだな」

「でたでた、だからスピ系は嫌いなんだよ。結局俺はいけないいんじゃねぇか！　いや、別にいきたいわけじゃないけどな」

「しかし、もうアセンションできないというわけでもないんだよ。フォトン・ベルトの中にいる間は、波動周波数は上がりつづけるので、その後もアセンションできるというんだ。いずれにせよ、2012年の冬至には、他次元のどこかの世界では、地球全体が確実にアセンションを達成したんだろうな。俺たちの世界の中にも、アセンションを達成して、高次元へ移行した人もいるだろう。もちろん、アセンションしてない人たちもいる。

でも、さっき言ったように、この世界は時間も空間も何重にも重なっていているんだ。だから、様々な世界で繰り返し2012年の冬至を迎え、最後にはすべての魂がアセンションを迎えるんじゃないかと俺は思っているんだよ。今回のアセンションは、これだけの宇宙規模の出来事だから、俺たちがいるこの世界も浄化される。そんなこともあるんじゃないかと思って……」

アセンションか現実世界か

オピウムが言い終わらないうちに、早見が言った。

「あんたはどこまでお人好しなんだよ！　そんなの、クソスピ野郎たちの勝手な言い草としか思えないね。そもそも、お前らみたいに現実世界に働きかけないで、自分の霊的エネルギーのことだけ考えてバスを待っている奴らが、世界を悪くしているとも言えるんじゃないの。精神を高次元に昇華すれば、世界は浄化されるって？

アホか、お前らは。お前たちの精神が宇宙と溶け込んでも、現実の世界はなにも変わりはしませんよ〜。ちゃんと働いて金稼がないと、飯食えないんだから。精神だけ宇宙の波動とつながってアセンションすれば救いのバスに乗れるなんて、そんなバカなこと考えてやがるお坊ちゃん、お嬢ちゃんは、俺みたいな勤労青年からすればたまらなく腹立つんだよね。

だいたいアセンションよりも、現実世界を良くすることのほうが先だろ。俺なんて救いのバスとかノアの箱舟とか乗れるわけないんだから、選民意識なんてこれっぽっちも抱きようがない。

よーするに、現実を良くする以外、俺の助かる道はないってこと。だからやっぱり、大切なのは仕事と金。黙って聞いてたら、やっぱりロクなことにならないぜ、まったく」

早見は荒ぶった気持ちのまま一気に話すと、アイスティのストローを抜いて、グラスを鷲掴《わしづか》みにして一気に飲み干した。オピウムはしばらく黙って早見を見つめている。そして口を開いた。

「心配するなよ。俺もそのバスには乗れるとは思ってないよ。乗る気もないしな」

そう言うと、早見に向かって微笑んだ。早見はグラスを手に持ったまま、動きを止めた。

「乗りたくないのかよ」

「ああ、俺はヘロインに魂を売っちまった男だ。はなからアセンションなんて、できやしない。だから俺は、最終バスがいった後も、道端でヘロインをやってるよ。俺の中の、いや、ヘロインの中の快楽の宇宙にいられれば、俺はそれでいいんだよ」

「なんだか達観していやがるな……」

早見は、オピウムの意外な告白に少し驚いた。

ゲストハウスの中に、バックパックを背負った白人の男女が入ってきた。今日の宿を探しているらしい。ホールにいたスタッフと交渉し、宿泊の手続をはじめている。

「さあ、少し一息入れたらどうだ。これは俺のおごりだ」

オヤジはそう言うと、新しいミルクティとコーヒーを二つ、カウンターの上に置いた。カナビスはそれをテーブルに運び、自分も席に着いた。コーヒーの香りが漂い、皆の気持ちを和らげてゆく。男たちは、それぞれにカップに口をつけている。カナビスは小さなポーチを取り出すと、巻紙を取り出しポーチの中のマリファナを乗せ、器用に巻きはじめた。巻紙のはじをツーっと舌で舐めると、きれいな形のジョイントが一本できあがった。

「ヤーマン、吸うかい？」

早見に差し出した。

「なんだ、葉っぱか？　俺はいらない」

カナビスはおどけた様に肩を少しすぼめると、オピウムにも勧める。

「ありがとう。今はいいや」

その声を聞くと、カナビスはジョイントに火をつけ、煙を吸い込んだ。辺りに、マリファナ独特の香ばしい香りが漂いはじめた。カウンターのオヤジは横目でチラッと見たが、何も言わずに仕込みの作業をはじめている。

彼女はウィッチ・ドクター

ところで、と早見が身を前に乗り出し、オピウムに小声で尋ねた。

「今日、ここにくるって聞いたんだけど……」

「誰が?」

「ここに今日、伝説のドラッグ・ディーラーっていうのがくるらしいって聞いたんだけどさ、何かしってる?」

オピウムは、温かいミルクティを一口飲むと、少し間を置いて言う。

「しらんな」

「また、しらばっくれちゃって。俺、ちゃんと聞いたんだから、今日、そいつがここにくるって。だからわざわざ東京からきたんだよ。きてくれなきゃヤバいんだよなぁ、マジで」

カナビスがジョイントを深く吸い、長い息で煙を吐き出した。そして言った。

「くるかって、彼女のこと？」

「おお、カナビスはしってるんだな。女なのか、ディーラーは？」

「そうだよ、女の人。だけど彼女はドラッグ・ディーラーじゃないよ」

「えっちがうのか？　だって、あらゆるドラッグを持ってるって聞いたぜ、しかも極上もんを」

早見はカナビスの方に向き直り、早口に言った。

「ちがうよ、彼女はウィッチ・ドクターだよ」

「ウィッチ・ドクター？」

「彼女は呪術を使っていろんな施術をするんだよ。だからあらゆる薬草やクスリを持っているんだ。ヒマラヤの精油やパワーフードなんかも持ってるよ」

「ずいぶん怖そうな女だなあ」

「やさしいよ、怒ると怖いけどね」

「どんな女なんだ？」

「歳はわからないけど、スレンダーで長くてきれいな黒髪なんだ。ターコイズや水晶を身につけていて、いつも麻ひもで編んだワタリガラスの羽根の髪飾りを付けているよ。自分はワタリガラスの化身だって言ってた。たくさんのカラスを呼ぶこともできるんだよ」

「何人《なにじん》だ？」

「東洋人にも見えるし、ネイティブ・アメリカンにも見えるけど、何人《なにじん》かはしらないよ」

今度はオピウムに向かって尋ねる。

「お前はしっているのか？」

オピウムは、ティーカップをテーブルに置いた。

「詳しいことはわからないけど、彼女はメキシコのヤキ・インディアンから呪術を教わったらしい」

「会ったことは？」

「あるよ。さっき話があった、俺が担ぎ込まれて部屋で唸ってるときに、彼女がフラッと現れたんだ。目を開けると、彼女は俺のベッドサイドに立って、何も言わずに見下ろしていたよ。そして、横に立っていたオヤジさんに耳打ちすると、紙包みを渡して、そのままいなくなった」

「中身はなんなんだ」

「ヒマラヤのいろんなハーブを混ぜた特別調合のヘンプオイルと、見たこともないドライナッツがミックスされたパワーフード、それと少量のヘロインだったよ」

「ヘロイン？」

「そうだ、ヘロインだ。だけどそれは、俺もやったことがない程の極上物だった。後にも先にもあんなものはやったことがないよ。俺はその日から、そのヘロインをほんの少しずつ舐めながら、ヘンプオイルを飲んで、パワーフードを食べつづけた。そのおかげで、命拾いしたようなもんだ」

「それだよ、それ！　俺も、極上のシャブを分けてくれないかなぁ」

「悪いが、あんたじゃ太刀打ちできないよ。それに、彼女は必要な時にしか現れないんだ」

話を聞いていたオヤジが、カウンター越しに大きな声で言った。

「ひでえなあ。そろそろ、俺、マジでヤバいんですけど。きてくれないかなあ、彼女」

ホールには新たなツーリストたちが到着していた。スタッフは手際よく、彼らに対応している。

その風景を見ながらオピウムが言う。

「まあ、気まぐれな女だからな。くるかどうかわからないが、彼女がきたら俺も欲しいものがある」

「ヘロイン？」

「ヒマラヤのヘンプオイルとパワーフード」

オピウムが笑いながらそう答えると、早見はがっかりしてため息をついた。すると、カナビスがジョイントの最後の一口を吸い終わって言った。

「僕も彼女を待っているんだよ」

「何か買うのか？」

「ちがうよ。うちで採れたハーブを渡すんだ。父親のお使いなんだけどね。父親と彼女は友だちなんだ」

「ハーブって、マリファナか？」

「うん、麻もあるけど、いろんな薬草だよ。僕らのコミューンでつくってるんだ。今年はいいのがとれたから、彼女に渡してこいって言われてね」

「そうなんだ」

早見はだんだん不安になってきた。このままじゃマズい、絶対マズい。でも、こんな時こそテンパらないようにしないと……そう思った早見は、大きく伸びをしながら深呼吸をしてみた。ついでに首を回したり筋を伸ばしてみる。オピウムとカナビスは、何がはじまったのかと不思議そうに早見を眺めている。早見は立ち上がってアキレス健を伸ばすと満足したのか椅子に座った。

「まあ、ゆっくり待つことにするよ。どうせ全員彼女を待ってるんだし、その間、楽しくおしゃべりをしようじゃないか」

人類はいつからケシを使うようになったのか

カナビスは、早見の行動がおかしくてしょうがないのか、必死に笑いをこらえている。そんな姿を横目でみながら、早見は話のつづきをはじめた。

「ところでオピウムさん。ヘロインの産地は、やっぱり東南アジアなのかな?」

オピウムも笑いながら答える。

「そうだな。ヘロインといえば、昔はタイ・ラオス・ミャンマーにまたがるゴールデン・

トライアングルが有名だったが、今はほとんどがアフガン産だよ」

「アフガンなんだ」

「ヘロインの原料であるアヘンの約80%は、アフガニスタン周辺でつくられている。昔から、麻薬は国際的な紛争や政治バランスと密接な関係がある。ゴールデン・トライアングルが主産地だったころは、アヘン戦争からベトナム戦争にかけて、そして今は、中東での紛争によるパワーバランスを背景に、アフガンで生産されているんだ」

「ヘロインと国際紛争との関係ということは、第二次大戦からの覚せい剤と状況が似てるな」

「そうだな。しかし、ヘロインやアヘンの歴史に比べたら、覚せい剤の歴史なんてたいしたことないな」

「いつごろからあるのかな？　アヘンやヘロインは」

早見は講義を聞くような気持ちで、オピウムに尋ねた。

「ヘロインやアヘンの原料となるケシは、正確にはケシ（Papaver somniferum）、アツミゲシ（P. setigerum）、ハカマオニゲシ（P. bracteatum）の三種類か、これらの交配雑種だ。ケシの原産地は地中海東部沿岸からメソポタミア平原一帯といわれている。ケシの果実の汁が鎮痛薬として使われたのは紀元前３０００年、もしくは４０００年にメソポタミア文明を興したシュメール人によってといわれているが、もっと古いという説もある。

旧石器時代にはその作用がしられていたのではないかといわれているんだよ。しかし俺はもっと古いと考えている。20世紀半ばにイラン北部で発見されたシャニダール遺跡には、ネアンデルタール人の墓が発見されたんだよね」

「ネアンデルタール人の墓？　俺たちホモサピエンスの前の連中も、墓をつくってたのかな」

「どうもそうらしい。彼らにも、埋葬習慣があり、人のサイズに四角く掘った穴の内壁に粘土を塗り、埋葬した遺体の上には、石を積んでいたそうだよ」

「彼らも、そんな習慣を持っていたんだなあ」

「うん、しかも、シャニダール遺跡のその墓からは、ノコギリソウやマオウの花粉の化石が大量に発見されたんだ」

「マオウ？　マオウのエフェドリンは、まさしく覚せい剤の成分じゃないか！」

思わず早見が叫んだ。

「そうなんだ。その他にも様々な種類の花粉が発見されている。しかも、そのほとんどが薬草だ。つまり、ネアンデルタール人はすでに薬草を使いこなし、死者を弔うために花を手向けるという習慣を持っていたということなんだよ」

「なるほど、ネアンデルタール人がシャブをねぇ」

「ちがうよ。シャブじゃない。しかし、そのことから考えると、ケシや大麻も使っていたと考えても不思議はないだろう」

「ちなみにその遺跡は何年位前のものなんだい」

「約4万8000年前だといわれているよ」

「4万8000年！　ってことは、俺たちのご先祖様はアヘンやシャブをネアンデルタール人から教えてもらったってことか？」

「すごいこと言うね、早見君も。ネアンデルタール人とホモサピエンスは交わることはなかったといわれているけど、どうだかわからないよな。実際には、ホモサピエンスであるクロマニヨン人の装飾品を真似たものがネアンデルタール人の遺跡から発掘されているし、両者とも数万年の間は地球上に同時に暮らしていたわけだから、太古からの知恵や技が、ネアンデルタール人からホモサピエンスへと伝承していったと考えてもおかしくないよな。俺は、ネアンデルタール人にはとんでもない呪術師がいたんじゃないかと思ってるんだがね」

「なるほど。彼らはまだ、自然や宇宙の一部であったということなのかもしれないな」

「へー、たまにはいいこと言うじゃないの、早見君も」

「まあね」

早見はそう言うと、コーヒーをゴクリと飲んだ。

「まあ、そういう訳で、人類がいつからケシを使うようになったのか定かではないけど、紀元前4世紀に古代マケドニアのアレキサンダー大王は、東方遠征の際にケシを持っていった。そして、征服した土地でのケシの栽培を許可していったという話が残っているよ」

「しかし、なんでわざわざケシを持っていったんだろう？」

「兵士が怪我をした際の鎮痛薬というのが主目的だろうな。しかし、わざわざ栽培を許可するくらいに管理したということは、アレキサンダー大王はケシの麻薬性を戦略の一つとしていたんだろうな」

「どういう意味だい？」

「昔から麻薬は、戦争においては戦力の一つでもあったんだ。敵国に麻薬をばら撒いて、国力を低下させる。あるいは麻薬を売買して戦費を賄う。または、栽培を許可することで、その地域を取り込んだり、経済奴隷化していくという戦法だよ。これは実は、アレキサンダー大王の時代だけじゃない。アヘン戦争や二つの世界大戦、ベトナム戦争、コカインを使っての南米とアメリカの対立、それこそ今でも中東地域の紛争にアヘンが重要な要素になっているじゃないか。だから今は、80％以上のアヘンがアフガニスタンで生産されているんだよ」

「昔も今も変わらないってことか」

「そうだな。人間の考えは変わらない」

嗜好品への欲望が世界を大きく変えていく

オピウムはそう言うと、煙草を一本取り出そうとしたが、やめた。

「紀元前1世紀のローマでは、ケシの樹液が鎮痛だけじゃなくて催眠作用もあるということから、これを『オピウム』と呼ぶようになったんだよ。俺の名前は、これに由来してるわけだ」

「なるほど」

「英語でもアヘンのことをオピウム（Opium）と呼ぶけど、アヘンの語源はアラビア語のアフィユーン（afyun）で、これが中国に渡って阿片になったそうだ。シュメール人やアレキサンダー大王やローマ帝国や古代中国。ケシはユーラシア大陸のあちこちで栽培され、使われつづけてきたんだ」

「嗜好品として使われはじめたのはいつからなんだろう？」

「ヨーロッパの大航海時代からだろうな。スペインやポルトガルは、世界中を航海して、様々なドラッグや嗜好品を経験するようになる」

「そうなの？」

「ああ。教科書にはスパイスとか香辛料獲得のため航海に乗り出したなんて書いてあるけど、それだけじゃない。様々なハーブや木の実の中には、興奮したりリラックスしたり、幻覚作用のあるものもあっただろうな。その中でも代表的だったのが、お茶や砂糖、カカオ、煙草や大麻、そしてアヘンだ。それ以外にも、世界各地の幻覚植物なども試しまくったはずだよ」

「本当かよ」

「おそらくな。結果的に、タバコはスペインやポルトガルが南米から持ち帰ったものだし、コロンブスが持ち帰ったカカオも、その後のヨーロッパでは強烈な嗜好品として、貴族たちに受け入れられていった。呪術や祈りに使われていた植物や、力を得るための聖なるパワーフードたちも、当時のヨーロッパの文明社会に迎え入れられると、単なる嗜好品や医薬品に変わっていったんだよ」

「そりゃあ、文化がちがうからな」

「しかし、これまで正当に使われていたものが悪癖として扱われるようになっていったんだ。まったくファックな話だぜ」

オピウムはそう言うと、大きく背もたれにもたれかかった。

「だけど、医薬品としても使われるようになったんならいいんじゃないの」

「だけど、それと引き替えに、多くの中毒者も生み出すことになった」

「そうか……てっ、まともなこと言ってるようだけど、あんた、売人でもあるんだろ。人のこと言えないいんじゃないの？」

「まあ、そりゃあそうだな。俺も勝手なこと言ってるな」

オピウムは椅子の背にもたれながら、早見の言葉にまるで他人事《ひとごと》のように返事をした。

「だけど、この嗜好品の流れが、世界を大きく変えていく」

「どんなふうに？」

「それは、お茶からはじまるんだ。ところで、紅茶も中国茶も日本の緑茶も、同じ種類の木の葉だってことはしってるよな」

「ああ、意外だけどな」

「イギリスに紅茶が普及したのは17世紀なんだが、そのころイギリスがインドに東インド会社をつくるんだ」

「綿や紅茶やスパイスをアジアから輸入するんだよな」

「そうだ。イギリスは中国、当時の清から茶葉を輸入するようになる。これを紅茶にして飲むわけだが、最初は貴族の飲み物だったのが、そのうちに多くの国民が飲むようになったんだ」

「そりゃあお茶ぐらい飲むでしょうよ」

「いや、それまでイギリスでは、日常的に飲めるものはビールなどのアルコール飲料がほとんどで、ノンアルコールは水かミルクぐらいだったらしい」

「ほっほー」

「うん。しかし、水もミルクも衛生的に問題があって、気軽には飲めなかった。そこに、紅茶が登場したんだよ。紅茶は誰もが気軽に楽しめる、最初の飲み物だったんだ」

「そうなんだ」

「お茶の需要はどんどん増える。それに拍車をかけたのが砂糖だった」

「砂糖？」

「そう、砂糖。紅茶に砂糖を入れて飲むことが日常になって、砂糖の供給も爆発的に増えていったんだ」

「なんか、当たり前な話に聞こえるんだけど」

「いや、当時はとにかく、すべて画期的なことだったんだ。しかし、イギリスはお茶も砂糖も自国では生産していないしできない。特に砂糖の原料のサトウキビなんて、つくれやしない。そこで、カリブ海のジャマイカなどの植民地で、大規模なプランテーションをはじめる。そして、その労働力として、アフリカから一千万人以上もの人たちを、奴隷として使いはじめるんだ」

「えー、黒人奴隷のはじまりは、紅茶に砂糖を入れたことが原因なのかよ」

「その通り。紅茶に入れる砂糖のために、多くのアフリカの魂が盗まれていった。その上、イギリスは、清から銀と交換してお茶をどんどん輸入する」

「うん」

「そのころ清では、インドのムガール帝国の影響によって、アヘンを嗜好品として喫煙する習慣が、浸透されつつあったんだよ。金持ちも貧乏人も、アヘンを楽しんでいた。しかし、その時点では社会問題になるほどのことでもなかった。一方のイギリスは、輸入超過の大赤字で、大量のお茶を買う銀が足りなくなってしまう」

「それで？」

「困ったイギリスは、何と、インドで栽培したアヘンを、清に売りつけはじめた。悪質なプッシャーみたいにな」

「でも、清にはすでに、アヘンを喫う文化があったんだろ。だったら、欲しい奴に売ってもいいじゃないか」

「いや、その時のイギリスのやり口は、明らかに悪質だよ。すでに植民地になっていたインドで大量のアヘンを製造して、嫌がる清に強引にアヘンを売りつけ、多くの国民をジャンキーにしたんだから。貿易赤字解消のためにな。自己選択ではなく、だましたり、脅したりしてジャンキーにしていくなんて、絶対に許されないだろう。もしもお前の家族が、同じ手口で無理やりシャブ中にされたらどうするよ」

「そいつをぶっ殺すな」

「そうだろ。最低なやり方だ。でも、清も手をこまねいているばかりじゃない。遂に、1839年に厳しくアヘンの持ち込みを禁止した。なんとかアヘンの流入を食い止めようとしてね。ところが、それに対して怒ったイギリスは、翌年清に戦端を開いたんだよ。これが歴史上有名なアヘン戦争のはじまりだ」

「逆ギレじゃないか」

ヘロインと戦争

「ああ、理不尽な話だよ。結局、何度かの戦闘の末に、最終的にはフランスもイギリスに加担して、香港や上海、天津などの港を開放させられ、アヘンの輸入も公認させられてしまうんだ。当然、それによってイギリスは、清に対して莫大な貿易黒字を手に入れることになるんだよ」

「徹底的にシャブられたな、清は」

「そうだな。その後、清は長い間、イギリスをはじめとする列強の餌食になってしまう。

それが20世紀までつづくんだ。20世紀初頭の清のアヘン中毒者の数は20％とも50％ともいわれてるんだぜ」

「すごい数だな。一家5人のうち、親父かお袋はだいたいアヘン中毒ってわけか」

「そういう計算になるな。一方、その間に大量の華僑たちが、移民として移動しはじめるんだ。その結果、東南アジアからヨーロッパやアメリカまで、彼らと共にアヘンを喫煙する習慣が広がっていったんだよ」

「なるほど。その移民たちが、世界中にチャイナタウンをつくっていくわけだね」

「その通り。でもそのうちに、イギリスのやり方はやり過ぎじゃないかって声が、国際社会から出てきたんだ」

「国際社会？」

「まあ、それは新興国のアメリカなんだけどね。アメリカは、アヘンを使った貿易は、人道的に許されないって世界中に訴えたんだ」

「なんかそれも怪しい話だな」

「アメリカの呼びかけで、1912年に各国の代表がオランダのハーグに集まり、アヘン貿易を制限する国際条約である万国阿片条約が締結される。これは、麻薬を制限する初めての国際条約なんだ」

「最初の麻薬制限条約は、アメリカ主導だったんだな」

「そうだ。これによってアヘンを使った貿易ができなくなったイギリスやフランスなどの欧州列強は徐々に力を失い、ついに、アメリカの時代が訪れる」

「20世紀はアメリカの時代だからな」

ここまで読んだ読者の中には、早見が「なんかそれも怪しい話だな」と言ったように、なぜアメリカが麻薬を制限する万国阿片条約を主導したのか腑に落ちない人もいるだろう。

そこで会話の途中だが、この背景を説明しておきたい。以下、拙著から引用する。

世界に麻薬統制を訴えたアメリカ

1909年、アメリカ、イギリスをはじめ、日本を含めた13ヵ国が上海に集まり、万国アヘン委員会が開催された。そして、アメリカの更なる呼びかけに応じて、1911年、オランダのハーグにおいて、万国アヘン会議が開かれた。主催国のオランダを含め、アメリカ、イギリスはもちろん、中国や日本、イランやロシアなど12ヵ国が参加した。

この会議では、主にケシを原料とするアヘンやヘロイン、モルヒネと、コカの葉を原料とするコカインの製造や販売、輸出入に関しての条約が調印された。しかしこの条約は、すぐには批准されなかった。やはりこの当時のイギリスやフランスの植民地政策や国際経済にとって、アヘンは重要な存在だったのである。

ピューリタン（清教徒）の国としてスタートしたアメリカは、国内でカトリックとの倫理的な対立が芽生えたのとほぼ同時期に、アヘン戦争を目撃していた。清の人々がアヘンによって正気を奪われ、欧州列強に蹂躙されていく姿をアメリカは目の当たりにしたのである。

プロテスタント主義を掲げる新興国アメリカは、アジアを舞台に繰り広げられていた帝国主義的植民地政策に限界を感じていた。それは、欧州の植民地から独立したアメリカだからこそ実感できたのである。清やアジアを国際市場として活性化させることが、新興国アメリカが欧州列強に追い付き、追い越す唯一の手段だった。そして、その第一歩こそが、清を中心に世界中に氾濫している麻薬を一掃し、統制することだったのである。

清からアヘンをなくし、プロテスタント的な倫理観をもって健全な社会を再構築することこそが、信条的にも経済的にもアメリカが望んだ理想だった。それは、１８３９年に清が行った厳しい取締りへの誓約書の提出と、その後に得られた巨額の貿易利益が裏付けていた。そして、20世紀を迎え、欧州列強の背後まで迫っていたアメリカは、万国アヘン会議を世界へ呼びかけることで、麻薬汚染という新たな概念とともに、自らが掲げる新たな国際理念を提示したのである。

（『大麻入門』幻冬舎新書より）

20世紀のアジアはいつも戦場で、ヘロインの生産地

話を会話に戻そう。

「そして、条約締結の2年後の1914年に第一次大戦が勃発。この戦争によって、アメリカの世界的な地位は、揺るぎないものになるんだ」

「何かキナ臭い話だな。ところで、その後の清はどうなったんだい？」

「パワーバランスが崩れた清には、イギリスやフランス、ロシアと共に、新興国だった日本も進出していく」

「俺の国か」

「そうだ、日本だ。日本は徐々に中国大陸に侵出していくわけだが、その際、日本は国内と大陸でアヘンを製造することで、イギリスが供給をやめた後も、清からはアヘンは消えることがなかったんだ。そりゃあそうだろう。何度も言っているように、アヘンやヘロインは一気にやめることができないんだ。１９３５年の国際連盟の統計によると、日本のモルヒネの生産量は世界第四位、ヘロインは第一位、コカインも第一位だ。その時日本国内ではモルヒネ類がそんなに大量に消費されてはいなかったから、隣国に密輸されていたと疑われてもしかたがない状況なんだよ。実際に、日本が清や台湾でアヘンをばら撒いていたという資料はあるからな」

「マジかよ。それじゃあイギリスの模倣じゃないか。日本はイギリスの尻馬にのって、そんなことをしていたのかよ。でもあんた、よくそんなことまでしってるよな」

「ああ、一応ヘロイン・マニアだからな」

オピウムがそう答えると、二人は笑った。

窓から差し込む西陽が、窓際のテーブルを飾る一輪挿しを金色に染めている。太陽は少しずつ、赤みを帯びはじめているようだ。

早見は伸びをしながら大きなあくびをした。

「結局、その後、第二次世界大戦に突入するわけだよな」

「その通り。その結果は早見のほうがよくしってるな。日本に勝利したアメリカは、戦時中に出回っていたヘロインとメスを一掃するために、大陸と日本国内で徹底的に取り締まっていくんだよ」

「戦後、ＧＨＱが取り締まっていく背景には、そんなことがあったんだな」

　早見は肩をほぐすように、首を回しながらそう言った。

「そういうことだな。これによって、アメリカはアジアでの足場を確実につくった。そしてその後、ソビエトと拮抗しながら、朝鮮戦争、ベトナム戦争へと進んでいく」

「しかしそう考えると、20世紀のアジアは、いつも戦場になっていたんだな」

「それと同時に、常にどこかでヘロインを生産することになる。ベトナム戦争の際には、さっき言ったタイとビルマとラオスにまたがるゴールデン・トライアングルで、大量のヘロインが生産されるようになるんだよ。アメリカはその周辺の武装組織に、アヘンやヘロインの製造・販売を保証し、見返りにいろいろな情報を入手していたんだ」

「まるで、アレキサンダー大王がケシの栽培を許可した話と一緒だな」

「なるほど、本当にその通りだ」

オピウムは感心したように言う。

「だから、ベトナム戦争の戦場には、ヘロインが蔓延《まんえん》してたんだよ。いや、ヘロインだけじゃない。マリファナもコカインも、出回っていた。LSDやマジック・マッシュルームも手に入った。若くして徴兵されたアメリカ兵たちは、この戦場でマリファナをはじめとした、様々なドラッグを体験することになる。それらの体験は、1960年代以降のアメリカ文化に大きな影響を与えることになるんだ。ここから先の話は、オヤジさんが詳しいけどな。なあ、オヤジさん」

オピウムがカウンターに目を向けると、女性スタッフも加わり、ディナー・タイムの準備がはじまっていた。

夕暮れが、少しずつ迫ってきていた。

第3章

LSD

宿のオヤジさん

オヤジさんのＬＳＤ初体験

オヤジは黙っていた。問いかけたオピウムもそれ以上なにも言わない。オヤジは、女性スタッフと共に、作業をつづけている。しびれを切らした早見が、口を開いた。

「オヤジさん、話してくれよ。ＬＳＤのことを」

しかし、オヤジは黙っている。

「せっかくここまできたんだ。オピウムの話も、俺のしらないことばかりだったよ。ましてやＬＳＤなんて、俺はやったこともないんだ。どんなドラッグなのか、ぜひ聞きたいんだよ」

早見は、今までと打って変わり、真剣な口調になった。

「こんな話は、あまり人に話すもんじゃない。それぞれがそれぞれの旅をする。それだけの話だ」

オヤジは、作業をつづけながらポツリと言った。早見は、オヤジの言葉の意味がまったくわからない。しかし、嫌だと言われると、ますますしりたくなる。

「それでもいいから、教えてくれよ。頼むよ～」

オヤジは顔を上げて、早見を見た。そして、ゆっくりと口を開いた。

「LSDによって、世界のすべてが変わったのさ」

「大げさな話だなあ。世界のすべてが変わったなんて。本当に変わったの？　LSDで？」

唐突な言葉に、早見が反応した。

「ああ、変わった。それは現在も影響を与えているんだ」

「信じられないな。ドラッグ一つで世界が変わるなんて」

無邪気に言葉を返す早見に、オヤジは頷きながら微笑んだ。

「お前さんがそこまで言うなら、少し話そうか。LSDのことを」

「おっ、そうこなくっちゃ。お願いします！」

早見はオヤジの顔を見上げ、そして頭を下げた。オヤジは作業をやめて、エプロンの裾で手を拭うと、頬の髭をさすった。

「俺が初めてLSDをやったのは、18の時だったよ。友だちの住んでいた学生寮でのことだ」

女性スタッフは、変わらず作業をつづけている。テーブルの三人は、次の言葉を待った。

「1960年代。ずいぶん昔の話だ。当時噂になっていたLSDを体験しようということになったんだ。数人の男女が、学生寮のリビングに集まった。そして、メンバーの一人が、それぞれの前に角砂糖を差し出した」

「角砂糖？」

早見が聞き返した。

「そうだ。でも、もちろんただの角砂糖じゃない。それには、リキッド状のLSDが染み込ませてあったんだ」

早見はオヤジの目を見て頷く。

「俺には何の知識もない。経験済みの何人かは、部屋のいたるところにクッションを置いたり、花を飾ったりして、できるだけリラックスできる空間にしようとしていた」

「なんでそんなに気を使ったんだ」

「摂取する人の精神状態や摂取する環境は、LSDでトリップするためには重要なことなんだ」

「ふ〜ん」

「角砂糖を一口で食べた俺は、これからおきることにワクワクしながらも、やはり少し不安だった」

「そうだろうね」

「友人たちは皆、思い思いクッションに座り、テーブルの上のクッキーを食べたりしていた。とにかくリラックスするんだよと、パイロットになってくれている友だちが俺に囁《ささや》いた。しかし、効果は一向に現れない。俺はすでにマリファナを体験していたから、口にしても何も変化が訪れないＬＳＤのことを、少々甘く見はじめていた。部屋では友人たちが相変わらず楽しくおしゃべりしたり、画集を眺めたり、楽器を弾いたりしている。俺は椅子に座って部屋の中をぼんやり見つめていた。何も感じないな……そう思った瞬間、椅子の下を大きな魚影が横切った」

「えっ、魚影が？」

「次の瞬間、俺は宇宙空間に浮かんでいた」

「宇宙空間……？」

「そうだ。俺は、椅子に座ったまま、宇宙に浮かんでいた。そして、すぐ隣には大きな地球があった。静かな漆黒の空間を、一人、浮かんでいた。初めてのことだったから、何がおきたのかわからず、少々パニックになっていたのかもしれない。しかし、友人が囁いた言葉を思い出して意識を集中してみた。すると、尾骶骨の辺りと、頭のてっぺんから、金色の光が噴射しはじめた。しかもそれは、意識を集中すればするほど激しく噴射する。俺は楽しくてしょうがなくなった。自分の内面に、どんどん意識を集中してみる。すると、いろんなことが理解できるようになった」

「どんなこと」

早見は興味深々だ。

「それは宇宙のしくみであり、俺たち生命についてのメッセージだった」

「……………」

早見には、もはや理解不可能だった。このオヤジもスピ系か、そうじゃなければ頭がおかしいとしか思えない。だって、たんに薬物でトリップしただけじゃないか。それをここまで断言できるなんて……と思ったが、オヤジの真剣な雰囲気と気迫に押され、何も言えない。

「俺たち人間を含めた生き物は、DNAの伝達システムの中で生かされているに過ぎない。それは、太古から繋がっている螺旋の記憶。そして、すべては光から生まれ、光へと帰っていく。俺たちは、宇宙という魂の壮大な旅の一部に過ぎないってことなんだ」

サイケデリックカルチャーの誕生

オヤジはそう言うと、早見の顔を見て、声を出して笑った。

「まったく理解できないって顔だな。それでいい、当たり前だ。しかし、一度この世界を垣間見たものは、その秘密をしりたくなる。そして、生涯、それを追うようになるんだよ。多かれ少なかれな」

オヤジはオピウムの方を見て笑った。

「一度やれば、わかると思うよ」

オピウムも笑いながら、早見に言う。

「だけど、バッド・トリップってのもあるんだろ」

「そうだ。ＬＳＤによるトリップは、ハイになるための単なる遊びじゃない。それは瞑想であり、修行であり、旅だ。こんなことはあまり言葉に出していう話じゃないが、今日は特別だ。そもそもＬＳＤによるトリップは、古代からの宗教儀式と同様に、神聖なものだからな。本当は、語るのではなくて体験するものなんだよ」

「やってなんぼってことか」

「あまり軽口を叩くなよ。甘く見るとひどい目にあうからな」

　早見はオヤジの真面目な口調に、息をのむ。

「サイケデリックな状態を生じさせるドラッグやキノコや植物は太古の昔から使われ、LSDによるトリップと同様の精神状態を引きおこす。そしてそれは、人間の意識の進化に大きくかかわってきた。これらの物質による意識変革を使った宗教的な儀式は、地球上の多くの場所に存在している。歴史的な例としては、ギリシャ・ローマ時代からつづく『エレウシスの秘儀』というものがある」

「エレウシスの秘儀？」

「そうだ、秘儀だ。この宗教儀式では、キュケオンという神聖な飲み物を使用していた。参加者は、キュケオンを飲むことによって幻覚作用を引きおこし、精神世界にアクセスすることで、宇宙の真理と一体化するわけだが、キュケオンには小麦に寄生する麦角菌という幻覚性の菌が入っていたのではないかともいわれている。しかし、儀式の内容は一切明かしてはならないという掟があり、未だに詳細がわからない」

「本当にあったのかね、その秘儀は」

「それは確かだ。この秘儀は、古代の哲学者や知識人のほとんどが体験している。そして、この体験の重要性について言葉を残している偉人も多い。プラトンもこの秘儀による体験が、彼の哲学の基盤であると言っているんだよ」

「古代ギリシャの哲学者、プラトンが？」

「そうだ。ローマ帝国の政治家キケロもこれを体験したと言い残している。彼は、この秘儀はギリシャ文明が人類に残した最高の遺産だと語っているんだよ。古代西欧だけじゃない。アフリカ大陸でも、南米や北米やアジアでも、世界中で人類はサイケデリックな物質による体験を通して、文明をつくってきた。それと同じ現象が、１９６０年代のアメリカの若者から、再びはじまったという訳さ」

「なるほど。そう言われると、何となく理解できるな。しかし、どうもスピリチュアルとか言われると精神偏重の頭でっかちな感じがしていけない」

　早見はそう言って、コーヒーをゴクリと飲んだ。

「まあ、60年代の俺は、その後も様々な場面でＬＳＤを体験したよ。リキッドのＬＳＤだけでなく、やがて錠剤やシートと呼ばれるミシン目の入った小さな紙に染み込ませたものも現れるようになる。そんなものを、手当たり次第に試してみた」

早見は黙って聞いている。

「ある晩、友だちとレストランにいた。奴は錠剤のＬＳＤをたんまり持っていた。俺は調子に乗って、通常は半分でも十分なそのアシッド（＝ＬＳＤ）を三錠のみ込んだんだ。その日は昼間からわずらわしい出来事があって、ひどくイライラしていた。人の多い場所でそんな状態にもかかわらず、俺はＬＳＤを口に入れたんだ」

オピウムもカナビスも、オヤジの話を黙って聞いている。

「やがて、口の中がネバネバするような感覚が訪れ、視界に入る光が少しずつ虹色にぼやけてくる。ＬＳＤが効いてきたようだ。よく目を凝らしてみると、店内の明かりが、フッと明るくなったり暗くなったりしている。光はゆっくりと波打つように空間を埋め尽くしていく。

突然、子どものころの嫌な思い出が蘇ってきた。欲しくてたまらなかった友だちの定規を盗んだこと。ひれ伏して泣いて謝る喧嘩相手の顔面を、思い切り蹴り上げたこと。死んでしまったと思い、墓穴を掘ってあげたひよこが、埋める瞬間に急にもがきはじめたのに土に埋めてしまったこと……どうってこともないと思っていた記憶が、一つひとつ蘇ってきたんだ。一つひとつの記憶は、繋がっている。俺の命の輪に刻まれているその記憶に、俺は懺悔と後悔で胸が苦しくてどうしようもなかった。生命の記憶の中で、自分自身を、自分を通して流れている一本の命のラインを欺いている自分が苦しくてしょうがなくなった。俺の些細な記憶の奥には、一本の命の流れを淀ませている自分がいたんだ」

「何もそこまで思いつめなくてもいいんじゃないの」

早見は戸惑いながら問うが、オヤジは答えずに先を進める。

「密閉された空間にいるのが、たまらなく息苦しかった。このまま、レストランから出ることができないんじゃないかと思うと、恐ろしくてしょうがなかったよ」

オヤジはカウンターに片肘を置いて寄り掛かった。

「その間俺は、椅子に座ったまま、じっと目を開けて一点を見つめていたのだろう。やがて、『大丈夫か』と言う声が聞こえてきて、気がつくと友だちが俺の顔をのぞき込んでいた。俺は少し正気に戻った。そして、友だちと外に出ると、三時間ほどの道のりを歩いて家に帰ることにしたんだよ」

「それも厄介なことだな」

オピウムは思わずそう言った。

「ああ、真夜中で小雨も降っていたしな。俺と友だちは傘もなく、とにかく国道沿いを歩きはじめた。親切にしてくれる友だち。なんでそんなに親身になってくれるんだろう。この世界は、命の集合体なんだ。俺はその中の一つなんだ。でも俺は、誰もしらない嘘や偽りをたくさん重ねてきた。それがどんなことなのか、この宇宙にどのように作用するのかということを、その時はっきりと理解できた。

自分のついた嘘や偽りは自分自身しかしりえない。しかし、それはこの世の中すべてに影響を与える。高次元では、俺や友人やすべての生命は一つの意識として存在している。しかしこの世では、俺たちは一つひとつの命として生きていかなければいけない。この世でそれに気づき、高次元でのあり方を見つめながら、思いやりを持って生きていくことが、この世での俺たちに与えられた役目だということがわかったんだ。だからこそ俺は、友だちに感謝した。心から感謝したんだ。

すると、子どものころに見たような小道があった。俺は、これ以上友だちに迷惑をかけるわけにはいかないと思って、『じゃあ、ここで』と言って、小道に入っていこうとしたんだ。すると友だちは、『お前、どこにいくんだよ。お前の家はあっちだろう』って、笑いながら腕を引いていくんだ。俺は、このままどこにでもいけるんだ。この小道に入れば、誰もしらない場所へ一人でいってしまうこともできる。友だちも、ガールフレンドも、両親さえも、誰も自分とは繋がりがない。一つの命に過ぎない。ただ、みんな、無意識のうちに一緒にいるだけで、本当は誰のこともしらないし、無関係なんだ……そんなことを考えていると、不安や恐怖という感情を通り過ぎて、なにか切ない気持ち、無常というか、儚《はかな》い気持ちになっていったんだよ」

「なんか、哲学的というか宗教的な感じだなあ」

　早見の言葉は、独り言のようだ。

「深夜の国道。小雨の中を街灯が照らすゴミバケツの影を見つめる。くっきりと浮かび上がったその影のエッジを見つめていると、その中に宇宙が見えた。そうだ、俺はこの瞬間にここにいる。俺は、ダラダラと流れる時間ではなく、この一瞬一瞬の、瑞々《みずみず》しい切り口だけを見ていたい。その瞬間だけを見つめていたい。そんなことに気づいたんだ。

　やがて家につくと、一緒に住んでいたガールフレンドはもう寝ていた。俺はしばらく部屋の真ん中に突っ立って、彼女の寝顔をじっと見ていた。どれだけ見ていたかもわからないが、ずっと見つめていたんだ。どうしてこの子はここにいるんだろう。なんの疑いもなく、俺の傍らにいてくれるこの娘のことが、不思議でもあり愛おしくもあった。俺は、机の引き出しからマリファナを取り出すと、部屋の隅に座り、パイプに詰めて一服した」

遠くから、かすかにジャンベドラムの音が聞こえてくる。オヤジは、少しの間沈黙し、話をつづける。

「マリファナを吸うことで、ゆっくりと降りてきた。宇宙から地上にゆっくりと降りてきたんだよ」

早見はオヤジの話に頷きながら、

「何となくわかるような気がするよ」

オヤジは早見に微笑んだ。

「それから数日後、俺はバックパックに荷物を詰めて、旅に出たんだ。当時の多くの若者がやったようにな」

「どこへいったの？」

「いろいろだ。インドのアシュラムで修行しながら過ごしたこともあったよ。一緒に革命をおこさないかとアラブ人に誘われたこともある。あの時、奴についていったら、またちがった人生だったんだろう。面白いもんだ。世界はあらかじめ決まっている。だが、その道を自分で切り開くこともできるんだよ」

早見は黙ってオヤジを見つめている。

「結局俺はそれっきり家には帰らなかった。そして、今、ここにいるってわけさ」

「えぇーっ、一度も帰ってないの？」

「そうだ、一度もな」

「オヤジさんは、今でも旅をつづけてるってわけだ」

そう言いながら、オピウムは笑った。オヤジもカナビスも笑った。早見もつられて、曖《あい》昧《まい》な顔で笑った。そして、真顔に戻ると聞いた。

「だけど、何で世界が変わったんだ」

「多くの若者の意識が、ＬＳＤによって変革したのさ」

「意識革命」

オピウムの言葉に、オヤジは頷く。

「オピウムの言うとおり、ベトナム戦争を体験した１９６０年代から70年代のアメリカの若者たちは、ＬＳＤやキノコや様々な幻覚植物、そして、マリファナを体験することで、まったく新しい価値観を手に入れた。そして、その価値観は、ＬＳＤと共に、世界中の若者たちの意識の中へと飛び火していったんだよ」

「それが、そんなにすごいことだったの」

「あの時代をくぐり抜けてきた俺たちにとっては、その衝撃はすさまじいもんだった。何せ、音楽もファッションもライフスタイルも、あらゆるものが変わっていったからな。それは、新しいカルチャーの誕生だった。サイケデリック・カルチャーという名のな」

「サイケってやつだね。確かに今も、その言葉をよく聞くな」

オヤジは頷く。

「ビートルズやグレートフル・デッドなど多くのミュージシャンや芸術家たちが媒介となって、その文化は世界中に急速に広がっていった。何もかもが新しかった。サンフランシスコを中心に、若者たちのコミュニティが形成され、俺たちはヒッピーと呼ばれるようになったんだ」

「ヒッピーか。それもよく聞くけど、結局みんなフラフラと何もしなかったんだろう」

「その通りだ。俺たちは何もしなかった。だから、多くのことができた。世界中を旅して、たくさんの歌を覚えた。そして、ＬＳＤで内面の宇宙までも旅したのさ。そんなことができる者はそれまでほとんどいなかった。しかし、俺たちはそうして旅をしつづけた。そのことが、新しい哲学を生み、新しい音楽や文学やファッションが誕生していったんだよ。

ビートルズの『Lucy in the Sky with Diamonds』はＬＳＤのことを歌っていたんだ。

タイトルの頭文字自体がＬＳＤだ。ＬＳＤから生まれた思想は、21世紀の今にも影響を与えている。パソコンやインターネットの概念の裏側には、ＬＳＤによるトリップが潜んでいるんだ」

　オヤジの話がのってきた。早見がすかさずに合いの手をいれる。

「えっ、それってどういうこと？」

コンピュータとＬＳＤの相性はいい

「アップルコンピュータを生みだしたスティーブ・ジョブスとスティーブ・ウォズニャックも、若いころにＬＳＤの体験をし、インドを旅した。そのころに獲得したイマジネーションが、アップルをつくりだしたといっても過言じゃない。実際に、ＩＢＭの幹部がＬＳＤを使って様々なシステムを開発していったという証言もある」

「それ、ほんとの話？」

「ああ、本当だ。当時のコンピュータ開発者の多くは、ＬＳＤや幻覚性キノコの成分であるシロシビンなどによるイメージや発想が、システムやアプリケーションを生みだす、大きな原動力だったと言っているんだよ。彼らは、LSDでトリップすることによってサイケデリックなメッセージを受け取り、それを具現化していったんだ。アメリカの脳科学者のジョン・C・リリーも、LSDによる意識変革やイルカなどとの相互コミュニケーションを研究し、バイオコンピュータの概念をつくりだした。そして、その先に、アップルコンピュータやインターネットのサイバースペースやiPhoneが誕生したんだよ。コンピュータとLSDなどの幻覚剤の相性がいいのは当たり前の話さ。それらはすべて、LSDがつくりだすイメージとメッセージが元になっているんだからな」

「ええっ、じゃあ俺たちは、その当時LSDをやっていた開発者たちの幻想の中にいるようなものなのかね」

「まあ、そういうことになるな。世の中は、時間や物質の量だけでできているんじゃない。一番大切なのはイメージ。そして意志だ。人間は大昔から、イメージに基づいて世界をつくってきた。そして、それは宇宙と繋がることで得られるメッセージを持ち帰ることで、具現化されてきたんだよ」

「またスピ系かよ。結局みんなその話になっちゃうんだよなー」

早見はオヤジに対して思わず本音を口に出してしまったことに身を縮ませた。やばい、ここでオヤジに臍《へそ》を曲げられたら、シャブも手に入らなくなっちまう。

「ははは、そうだ。すべてはスピリチュアルなことから生まれてくるんだ。それは何も非科学的なことでもなんでもない。そしてそれは、さっき言ったように、人間が生まれた時から常におこなってきた自然の営みということだ」

早見の言葉にまったく動じることなく、オヤジは大らかに笑った。

「しかし、そんなアートやコンピュータなどの平和利用のためだけじゃなく、ＬＳＤに最初に目を付けたのは、アメリカ陸軍とＣＩＡ（米中央情報局）だった。彼らは60年代から70年代に流行ったドラッグを一つ残らず研究している」

「本当かよ」

「本当だ。覚せい剤やヘロインはもちろん、ありとあらゆるものを奴らは調べつくした。その中でもＬＳＤと大麻は、奴らにとって最も危険なドラッグとして位置づけられている。両方とも身体的な依存はなく、あったとしてもカフェイン程度なのにな」

「じゃあ、なんで危険なんだよ」

「奴らが操る『国家』をコントロールするためには、この二つの物質は、ヘロインよりも危険なんだ。それは、この二つをやると、真実をしってしまうからなんだよ」

イメージされることを嫌う人々

「真実ってなんなんだよ」

「すべての魂は自由だということ、宇宙のしくみ、愛の偉大さ……そんなことだ」

「おいおい、また訳がわからなくなってきたぞ。よしんばその真実とやらをしったとしても、何でそれが国家にとって脅威なんだよ。むしろ、国民の幸せのためには、いいことなんじゃないのかい？」

「いいや、国民の幸せは、多くの場合、為政者にとっては不幸せな場合が多いからな。世界中の富を収奪している一部の人間たちは、国民が収奪されているという意識をもたないよう用意周到に様々な仕掛けを施している。国民が、国家や貨幣経済の本質をしってしまったら、奴らは国民をコントロールするのが難しくなるからな」

「そんなものかね」

「ああ、そんなものだ。だからこそ、ジョン・レノンは殺されたんだ」

「はぁ？」

「ジョンだけじゃない。キング牧師もジョン・Ｆ・ケネディも、リンカーンも、そして、イエス・キリストもそうだ」

「えぇ〜　そこまでいっちゃうの？」

「そうだ。彼らは皆、国家の枠を超えて、人々の本当の魂の自由を訴え、具現化してきた。だから、為政者たちにとっては邪魔だったたし、時にはもっとも危険な人物だったんだよ。彼らの多くは、すべての人間は支配されずに、いがみ合うことなしに、自由に生きるべきだという宇宙からのメッセージをしっかりと受け取っていた。そのメッセージは、瞑想や幻覚植物が教えてくれるものとイコールなんだ。そのメッセージに辿りつく最もいい方法は、イメージすることなんだよ。奴らは、多くの人々がイメージして今の世界が自由を奪われた管理社会であると気づくことに、最大の恐怖を感じているんだ」

「イメージする力……」

「そうだ、イメージだ。ジョン・レノンの『イマジン』という曲は、正にそのことを歌っている。だからこそ、この曲は湾岸戦争や様々な紛争がおきるたびに、欧米ではいまだに放送禁止や自粛をうけているんだ」

「今でも？」

「そうだ、今でもだ。それだけ、イメージには力があるということだ。現実的に、60年代の後半から大量のＬＳＤがアメリカ全土に出回ると、様々なムーブメントが発生した。それは、ベトナム反戦運動であったり、公民権運動であったり、セクシャル・マイノリティ解放運動や女権運動であったり、環境保護運動や少数派民族運動であったりと、社会の枠組みの中に閉じ込められてきた人々の叫びが、大きく現実の社会運動として表れてきたんだよ。

それらの運動の結果どうなったかは、お前さんもわかるよな。ＬＳＤとマリファナに象徴された市民の自由は、それによって覚醒した人々によって解放されたというわけだ」

「うーん。俺にはヒッピーとかスピ系とかは、ただ何もしないで妄想ばかりしてるようにしか見えないけどなぁ」

早見はオヤジの言葉を受け入れながらも、何とか反論しようと試みていた。どんなイメージをもてばいいのかわからないということもあるが、イメージ一つで俺の生活がよくなるとはとても思えない。俺は、人より多くの時間働いて、人を蹴落としてより多くの成果をあげる、間抜け野郎は食えなくて当たり前、だって俺は人よりがんばって金を稼いで自由を買っているんだから、イメージとか魂とか、そんなわけのわからないことに、俺の運命を託す訳にはいかない。早見はそんなことを思いながら、ひたすら我慢していた。そして、口を開く。

「でもそうなんだね、オヤジさん。ちょっと、俺、オヤジさんが何言ってるかわからないけど、多分イメージなんだよね」

にやにやしながら必要以上に卑屈な自分にイラついてきた早見は、軽い貧乏揺すりをはじめた。いつの間にかテラスの手すりに舞い降りていたカラスが、「カァ」とひと鳴きすると、飛び立っていった。夕闇が忍び寄っている。

ＬＳＤを使った拷問

オヤジは、早見の一部始終を見据えながら、なおも話を進めていく。

「国家や世界を操る連中は、あらゆるドラッグの本質をよくしっている。だからこそ、ＬＳＤを軍事目的に使用しようと試みた。例えばＣＩＡは自白剤としての利用を考えたんだ。拷問の一環として、尋問対象者の心を破壊するために、ＬＳＤを使用したんだよ」

「へえー、どんなふうに」

早見は反射的にそう聞いた。オヤジは軽く頷く。

「どうしても秘密を吐かない相手に、こっそりと大量のＬＳＤを与えるんだ。何もしらない相手は、１～２時間で強烈に効きはじめたことで、とてつもない恐怖を感じる。自分が狂っていくんじゃないかという恐怖だ。ＣＩＡの尋問者は、秘密を伝えなければ、この錯乱状態からは永遠に抜け出せないと脅すんだ」

「まったくエゲツナイやり口だよな」

傍らで聞いていたオピウムが、思わずそう口走る。

「あるいは、戦場にＬＳＤを噴霧することで敵が錯乱し、戦闘能力が落ちたところを一気に制圧するという作戦も考えられた。しかし、これはうまくいかなかったらしい。これらのバカげた試みは、すべて第二次大戦後の冷戦の産物だ。恐怖や憎しみ、欺瞞というイメージが、このようなくだらん行為を生みだすんだ」

オヤジはそう言うと、右手であごひげを軽くよじった。

「国や世界経済を操っている奴らは、お前さんが考えている以上に緻密で狡猾だ。奴らは世界の秘密をしっている。しらない者はしっている者に勝てない。だから、奴らが情報を秘密にしようとしたり、俺たちがしらないところでなにもかもが決まったりするようになったら、危険なんだ。だから、俺たちもしらなければならない。奴らに踊らされる前にな。

俺の言っていることがわかるか」

オヤジは早見の目をまっすぐ見ながらそう言った。早見も見つめ返す。しかし、すぐに視線を外すと、吐き捨てるように言った。

「踊らされるとか、世界とか宇宙とか、言ってることが大きすぎる。だって、俺たちは毎日通勤して、仕事して、飯食ってるんだぜ。忙しくて、それ以外のこと考える暇なんてないよ。難しいことは、奴らに任せとけばいいんじゃないの。確かにしらない奴にいいようにされるのは癪に障るところもあるけど、考えようによっては、その方がよっぽど自由だと思うけどな」

早見は本心からそう言った。しかし、その一方で、自分の言葉に不安も感じている。オヤジは早見の言葉に大きく首を振る。

シャブやって仕事している時点でダメだな

「『何もしらない馬車馬は幸せだ』とある詩人が言っていたよ。しかし、その馬は使い物にならなくなれば、馬肉にされるか皮を剥がれて捨てられるだけだ。自分の生き方、死に際を自分で決められない人生なんて、自由だと言えるのかな？

いつもルールを他人に決められて、そのルールに従って生きる。ルールに従わなければ、使い物にならなくなれば、捨てられる。そんな生き方を誰かを守るためにやっていたとしても、その誰かも含めて、本当に幸せになれるのかな。だから、幸せになるには自由が必要なんだと思わないかな」

「だけど、路頭に迷ったらどうするんだよ。飯も食えず、家にも住めなけりゃ、人生の意味なんてないんじゃないの。俺は俺自身や家族に、できる限りいい家に住まわして、便利な暮らしをしていきたいよ。それは自由と言わないのか？」

「それは自由ではないな。自由とは便利な生活をすることではないし、ましてや自由は決して便利なものじゃない。今のあんたは東京にいて、便利な暮らしを維持しているようだが、それはこの地球上で東京がいまだ特別なエリアだから、それが可能なのさ。

もしもあんたが東京を離れたら、あるいは、東京や日本が近いうちに便利な生活ができない貧困エリア、貧困大国になったとしたら、あんたはどうする。今まで通り、与えられた枠組の中で、どんなに働いても貧困生活しかできない現状を何も考えずに生きていくのかい？　奴らになんの文句も言わずにな」

「俺がそんな状態に満足するわけないじゃないか。そんなことになったら俺は奴らと戦うし、絶対に生き延びてみせるぜ！」

「いや、今のお前さんじゃ無理だな。だいたい奴らが一体どんな存在で、どんなことをこれまでしてきたか、これからしようとしているのか、それがわからないんじゃ、戦いようがない。それに、やみくもに戦ったら、下手したら命を落とす。それだけ、お前はダメなんだよ」

「おい！　いくらあんたでもその言葉は聞き捨てならないぜ。俺のどこがダメなんだ。俺は一生懸命やってるんだ。そのどこがダメなんだよ。ヘロイン中毒で乞食みたいに転がったり、ＬＳＤくらって訳のわからないダンスを踊ったり、大麻吸ってヘラヘラ笑ってばかりいる連中とはちがうんだ。

俺はシャブやって、シャキっとシンプルに考えていい仕事をしている。確かにやりつづけると冴えが鈍ってくるけど、深い洞察力だって得ることができる。その何がダメで無理なんだよ。はっきりさせてもらいたいね！」

「そうだな……まず奴らがお膳立てした世界に適応するため、シャブやって仕事してるだろ。その時点でダメだな。

百歩譲って、シャブによって深い洞察力が維持できて、すべてをじっくりとやっていければ問題はないとしよう。メスとのファーストコンタクトは、あんたもそんな感じだったはずだ。しかし、その感覚も回数を重ねるうちに鈍くなってくる。同時に、様々なアイデアや意欲が生じて約束したはずのビジネスに、いつのまにか自分の能力が追い付かなくなって約束を守れなくなる。そして、様々なトラブルが発生してくる。ちがうか？」

早見は、オヤジをにらむように凝視している。しかし、反論できない。思い当たる節があるのだろう。

「まあ落ち着けよ。俺も確かに乞食みたいに転がっていたが、それは認めざるを得なかった。それも含めてのヘロインだし、オヤジさんの言ってることもメスの一面としては間違ってないと思うぜ。とにかく今は、落ち着いて会話を楽しもう」

オピウムはそう言うと、早見の背中にそっと手を当てた。早見は、大きく息を吐き出すと何度か頷き、大きく伸びをした。

「まあな、今はじっくり、彼女を待つしかないんだからな。しょうがねぇ、オヤジさんの話にもう少しつきあうよ」

どうしても彼女に会わないとマズイんだよ

自分からＬＳＤの話を聞きたいと言ったことをすっかり忘れている早見は、大きく背伸びをした。オヤジは早見の言葉にゆっくりと頷いた。

「ＬＳＤは正確にはリゼルグ酸ジエチルアミドというんだ。開発時のリゼルグ酸誘導体の系列における25番目の物質であったことからＬＳＤ－25ともよばれている。開発したのはスイスの製薬会社、サンド製薬の研究員だったアルバート・ホフマン博士だ。彼は１９３８年にＬＳＤを合成したんだが、いろいろ分析しても幻覚作用などの効果を発見することができなかったんだ。しかし５年後の１９４３年に、ふと思い立って、もう一度ＬＳＤを研究することにしたんだそうだ。

　合成をおこなった日は、たまたま金曜日。博士はいつもより早く実験室から引き上げて、自転車に乗って自宅へ帰った。そして横になった途端、博士は素晴らしい体験をしたと言っている。おそらく、実験中に誤って何かを摂取してしまったのだろう。何かを思い浮かべると、それが形となって見えたり、深い満足感を感じたそうだ。

この状態が4時間ほどつづき、正常な状態にもどっていった。この原因は、一体なんだろう。博士はそれを追及することにした。週が明けて月曜日。博士は初め、クロロフォルムに似た物質が原因じゃないかと思ったが、ちがった。そして、もしかしたらＬＳＤが原因ではないかと仮説をたてた。そして、試しにこの物質０・２５㎎を水に溶かして服用した。

この量は極めて微量で、毒性のある物質でも、この量であれば人体には影響がないと言われている。しかしそれは、通常服用するＬＳＤの4倍もの量だったことがあとでわかるんだ。効果は直ぐにあらわれた。そして、当然のことながら、ものすごい勢いでＬＳＤが効きはじめた。博士はその効果に圧倒され、ヒステリー状態になったと後日語っているよ。そりゃあそうだろう。世界で初めてのＬＳＤ体験だ。

繰り返すが、当時のホフマン博士は、０・２５㎎が通常の摂取量の4倍だとはしるはずもない。たちまち、ＬＳＤがすさまじい強さで急激に効いてきた。博士は助手の力をかりて、自転車で自宅へ戻り、医者を呼んだ。しかし、医者の診断では何の異常も見られない。その間も博士はＬＳＤの強烈なトリップに見舞われていた。予測不能なサイケデリック体験によって、博士は完全なバッド・トリップに陥ってしまった。

こんなにも素晴らしいものを発見しながら、このまま死んでしまうんじゃないかと思ったそうだ。今じゃ笑い話だろうが、博士は誰も体験のしたことのないＬＳＤのトリップを体験したんだ。しかも、強烈なバッド・トリップ。これがどれだけのことなのか、想像しただけでもゾッとするよ。しかし博士は、そのトリップの中にいても記憶や意識は崩れていなかった。完全に別の世界にいってしまったことで、大きな発見をしたことにも気づいていたんだ。それは奇跡だよ。ＬＳＤが発見されたこともそうだが、それを発見したのがホフマン博士で、彼は、強烈なバッド・トリップの中にいても、それを受け止めたんだからな。やがて効果が薄れていくと共に、バッド・トリップは、美しい体験へと変わっていったそうだ。

翌朝、彼は庭にでた。すると、すべてが生まれ変わっていたように感じたそうだ。花々や樹木の美しさや生命力のすべてを受け入れることができた。それは今の俺たちのサイケデリックカルチャーをつくる大きなきっかけとなった出来事だったということだ。ホフマン博士は、２００８年に１０２歳でこの世を去ったが、彼は未来の俺たちに、宇宙とコネクトできる新たな呪術を与えてくれたんだよ」

オヤジは一気に喋ると、早見の様子をうかがった。どうもさっきから様子がおかしい。

頭を掻いたり、首を回したりと落ち着きがない。

「なあ、早見。体調は大丈夫か」

オヤジの問いかけに我に返った早見は、少し驚き、そして不機嫌な口調で言った。

「あっ、ああ、大丈夫だよ。ちょっと疲れてきたかな。しかし、まだこないのかなぁ、彼女。俺はどうしても彼女に会わないとマズイんだよ。本当にマズイんだよ」

太陽は大きく西に傾いている。日没が近づいている。オヤジは早見の顔を真っ直ぐ見つめ、真剣な口調で言った。

「さっきも言ったが、彼女はくるかどうかはわからない。そして、もう一度言うが、彼女が現れたとしても、今のお前さんじゃ相手にもしてくれないだろうよ」

早見はオヤジの辛辣《しんらつ》な言葉に、敵意をむき出しにして反論する。

「あんた、なんでそんなに偉そうなことを言えるんだよ。俺は彼女が、いや、極上のシャブが必要なんだよ。そのために、こんなところまできたんだ。それにここは、有名なドラッグ・ハウスだろ?

俺は客だぜ。金だって持ってる。俺はシャブを手に入れるためにここにきたんだ。それなのにここには、アンフェタミンしかないなんてな。偉そうなこと言ったって、シャブの一つもないなんて、インチキも甚だしいよ。挙げ句には偉そうに説教かよ。いい加減にしてくれよ」

早見はそう言うと勢いよく椅子から立ち上がり、テーブルの周りをうろうろと歩きはじめた。

「いいか、俺様は東京じゃかなりしられた存在なんだよ。どんなシャブだって手に入れる。ヤバいことだってひと通り経験してるんだ。その上、堅気の仕事もちゃんとこなしてる。あんたに文句を言われる筋合いはないぜ。東京のプッシャーは、金を出せばいくらでもシャブを持ってくる。なのにここはなんなんだ。ネタもない、プッシャーもくるかどうかわからない。その挙げ句に説教だと。ふざけたところだぜ、まったく」

早見は大声でわめき散らすようにそう言い放った。しかし、オヤジは冷静に言った。

「いいか、早見。彼女はプッシャーじゃないし、あんたの欲しいものは手に入らん。そしてここは、あんたの揺り籠のような東京でもないんだ。ここは、多くの高い意識が集まっている場所だ。人の観念や意志が、ここではすぐに形になって現れるんだ。だからはっきり言っておく。今のお前さんの前には、欲しいものは現れない。もしも現れたとしても、それはあんたにとって命とりになりかねないんだ。俺の言っている意味がわかるか？」

早見はオヤジの言葉がまったく耳に入らない様子で、ホールの中を興奮しながらうろうろと歩き回っている。

「悪いことは言わない。もう少しリラックスしてみろ」

「リラックスだって？　そんなもん、俺には必要ない。それに何度も言うが、俺はスピ野郎が大嫌いなんだ。何だかんだ偉そうなことを言っても、結局何も持ってないじゃないか。ブッもないのに俺様に説教するんじゃねえよ、畜生！」

早見は立ち上がり、近くの椅子をけりあげた。傍らでカナビスが2本目を巻いている。そして、その太目のジョイントを早見に差し出した。

「早見さん、さあ、一服してリラックスしなよ」

「ハッパなんて俺には必要ねえんだよ！　俺が欲しいのはシャブなんだ。なあ、頼むよ、彼女に連絡してくれよ。極上のシャブが手に入らないと、俺、ヤバいことになっちまうんだよ」

早見はドサッと椅子に座り、うなだれた。

カナビスはその横でジョイントに火をつけると、大きく吸い込んだ。そして、そのジョイントをオピウムへと差し出す。オピウムもカナビス同様に、大きく吸い込むとカナビスに渡した。二人の吐き出した大量の煙は、ジョイントの煙と共に、三人のテーブルの上に広く濃く漂った。

カナビスとオピウムは、交互にジョイントを廻し吸いしている。しかし早見は動かない。彼は煙に包まれながら、何もしゃべらず下を向いているだけだ。

「何か訳がありそうだな」

うなだれている早見をじっと眺めているオヤジは、ポツリとそう言った。

複数のジャンベドラムの音が聞こえる。海岸で、ジャンベのセッションがはじまっているようだ。何羽かのカラスが、鳴きながら飛んでいく。日没は間近だった。

第4章

大麻

解禁

カナビス・ガーベイ

これが最後のチャンスなんだ、頼むよ！

トワイライト。昼と夜が交差する時間。

ストリートからは、物売りの声に変わり、多くのツーリストの声が聞こえる。皆、水平線に沈む夕日を見るために、ビーチへと向かっているようだ。

ゲストハウスのテラスの軒先に下げられたランタンに灯《あか》りがともり、スタッフたちはテーブルの一輪挿しの横に、小さなキャンドルを置いていく。ゆっくりと、夜の支度が整えられてゆく。日没間近とはいえ、外はまだ夕暮れの明るさを保っている。その中で揺らめくキャンドルやランタンの灯りが、自然の心地よさを際立たせてくれている。

「なめんじゃねえよ……バカにしやがって」

早見がうなだれたまま、苦しそうにつぶやいた。

カナビスとオピウムは、ジョイントをゆっくりと回し吸いしている。濃い煙が漂い、白と薄紫の煙の帯からキャンドルの灯りが透かして見える。突然、早見が顔を上げた。

「俺にも一服吸わせろ！」

カナビスが差し出したジョイントを奪うように受け取ると、思い切り吸い込んだ。ジョイントの先の炎が真っ赤に燃えてゆく。早見は右手にジョイントを持ったまましばらく息を止め、そして、ゆっくりと吐き出した。

かなりの量の白煙がテーブルの上を覆ってゆく。

「ずいぶん吸ったね」

カナビスが少し驚いたように言うと、オピウムが、

「ああ、メスを入れていると、これぐらい一気に吸い込める時もあるからな」

じっと目を閉じている早見を見守るようにそう言った。

早見は動かない。やがてうめくように息を吐き、上体を起き上がらせると胸をそらせるように大きくストレッチをした。そして、無言でジョイントをカナビスにわたした。

早見はまた動かなくなった。時間がひと際ゆっくりと流れる。今、まさに日没の時間だった。

「……彼女は、今日はこなかったな」

オヤジの声に反応して、早見が顔を上げた。

「ええっ、こないの？　困るよ、そんなの。まだ早いじゃないか！」

早見が叫ぶように言った。その声は悲鳴に近い。

「彼女は太陽のある時間にしか現れないんだ。だから、残念ながら今日は現れないよ」

オヤジは早見を少しだけ憐れんだ。

「現れないよって、それじゃ困るんだよ、マジで困る。ヤバいんだよ。明日はこないの？」

「決まってはいないが、明日はこないだろうな。きたとしても、次の新月の日だ」

「えっえ〜、もしかして一か月後？」

「そうだ、そういうことになるな」

「ヤバいよ。彼女からネタ仕入れて帰らないと、ヤバいことになる。頼む、助けてくれよ」

早見の声はもはや悲鳴だった。

「どういう理由があるかしらないが、どうにもならんな」

「お願いします。なんでもします。だから彼女に会わせてください。極上のブツを仕入れないと、東京に帰れないんですよ。仕事も何もメチャクチャなんだ。これが最後のチャンスなんだよ。ねぇ、お願いです。この通り！」

早見が頭をテーブルに擦りつけるように下げ、その手前で両手を合わせている。オヤジやオピウムたちは、無言でそれを見つめている。

「東京で順調にやってるなんて、実は嘘だったんだ。本当はオヤジさんの言うとおりだよ。情けないけど、いつの間にか仕事に追われ、シャブに追われ、借金に追われるようになった。でも俺は今度こそ変わる。そのために、有り金かき集め、娘のためにカミさんが貯めてた貯金も引き出して、ここにきたんだ。なあ、頼むよ。ここでブツを仕入れないと、ヤバいんだよ」

オヤジたちはまだ何もしゃべらない。

「ほんとに頼むよ。ここではなんでも手に入るんだろう？　助けてくれよ」

「あきらめるんだな」

オヤジの言葉は冷たかった。

「なあオピウム、あんたからもオヤジさんに頼んでくれよ」

「早見、残念だがオヤジさんの言うとおりだ。あきらめるしかないな」

「おい、ふざけんじゃねーぞ、どいつもこいつも！　なぁ、頼むよ、お願いしますよ！」

オヤジは早見をじっと見つめている。

「お前はとことん身勝手な奴だな。これまで何をしてきたか、なにもわからないまま、ここまできてしまったんだろうな。自分でそのことに気づいてんのか？」

オヤジの声はあくまでも冷たかった。

「なんのことだ。わかってるよ！　俺は全部わかってやっている。信頼できる筋からきた話だし、これまでと同じように儲けもちゃんと計算して……」

「バカ者！　いつまでそうやって現実から目を背けたまま、しらを切ってるんだ！　お前は卑怯者だ。これまでと同じことをつづけていても、状況が良くなるわけがないってしっているはずだ。なのに、思考停止して、これまでの行動を変えようとしない。いったい、いつまで一攫千金を夢見てるんだ。そんなことで、変われるわけがないだろう。

このままでは、お前は未来永劫、とことん搾取されるだけだ。いつも腰ぎんちゃくのように強い者のそばにいるから、いつか自分も強くなれると思っているようだが、お前はその強い力に利用されているだけだ。しかも、そんなことさえわかっていない。いい加減目を覚ませ！」

オヤジは真っ直ぐに早見を見つめている。早見もオヤジの目を見ながら、その中に答えがないか、必死に見つめている。

「俺はいろんな経験をしてきた……シャブを使っているけど、家族を守ってきた。仕事もしっかりやって、部下の面倒をみてきた。一緒に歩んできた友だちは自殺してしまったが、そこから学ぶことは多かったよ……」

オヤジは一つため息をついた。

「どこまでバカなんだろうな……家族や部下、ましてや死んだ友だちに対して思いやりがあれば、今こんなところでオレに頭を下げることなんかしていない。守ってきた、学ぶことは多かっただと？　お前自身が、どれだけ周囲に守られてきたのかわからないのか。日本の、あの特別で特殊な場所、東京で、強い者にこびへつらって、弱い者にいばりちらしてきた結果がこれだ。そんなお前がまともにドラッグなんて扱ったら、そのパワーで一瞬にしてお前は滅びるよ。いいか早見。いい機会だ。お前はここで学べ。お前の愚かさ、お前の非力さ、お前の卑怯さを直視するんだ。そうしなければ、お前は一歩も先に進めない。いいか、言っておく。これは俺がお前のために言ってるんじゃない。お前の娘や家族、自殺したお前の友だちの魂が、お前に言ってるんだ。甘ったれたことなど、この世では一つも通用しない。お前も俺もこの世ではたった一人なんだ。そして、自分のことを救えるのは自分しかいないんだ。そのことを肝に銘じておけ」

中途半端に途方に暮れている奴が日本にはたくさんいる

早見は黙っていた。何もしゃべれず、呆けたように肩を落とし、椅子の背にからだを預けていた。

「金もない、仕事もおしまい、家族にも捨てられる。いったい俺はどうすればいいんだよ」

日が沈み、空は刻々と色を変えていく。それと共に、ろうそくの炎の輪郭がくっきりと際立ってきた。

「早見さん、一服しなよ。先ずはリラックスだよ」

カナビスはそう言うと、新しいジョイントを巻いて火をつけ早見に差し出した。早見はゆっくりと煙を吸い込み、オピウムに渡す。オピウムも深く吸い込むと、煙を吐き出した。

「早見は忙しすぎるよ。シャブは人間を忙しくさせるけど、まあ、それが当たり前になってりゃ、何も見えなくなるんだろうな」

オピウムの言葉はひとり言のようだった。

「ヘロインはゴミのように薄汚く、最低で下品なドラッグだと早見は言ったけど、下品とか上品とか、ドラッグに固有の、定まった品格なんて、本当はないのさ。やってる奴がドラッグとジャストフィットしたその一瞬現れる感覚、その瞬間こそが最上の時だ。しかし、その瑞々《みずみず》しい一瞬が過ぎると、すぐにドラッグに飲み込まれていく。その感覚は何もドラッグだけじゃない。恋愛もそうだろ。二人がジャストフィットした時は最高だけど、罵り合って憎しみ合う下品な恋愛になることもある。それでも、人は恋愛をやめられない。永遠にその一瞬を求めようとして生きていく。ドラッグの魅力をしった者にとっては、恋愛もドラッグも似たようなものかな」

早見はオピウムの言葉を聞きながら、テーブルの上の炎を見つめている。

「そうだよな。気力も体力も余裕もある時期にシャブを入れた時は、最高だったよ。気持ちだけじゃない。やることがすべて、いい方向へと展開していった。だけど、その現実から生まれてくる連鎖に、徐々に対応しきれなくなっていった。忙しく動き回り、金を大きく動かすうちに、俺は身動きができなくなったんだ。

仕事は忙しい。時間がないし、金もない。その中で、シャブ買う金を工面して、買う時間をひねり出して、それをからだに入れる場所を探す。これじゃまともな仕事なんてできない。しかも、周りは文句ばかりだ。だれが金を持ってきてやってるんだ。いつの間にか、そんな傲慢な考え方に変わってしまったのかもしれない。そんな時、友だちが死んだ。自殺だったよ。奴は俺とガキのころからの友だちで、最後の方は一緒にシャブをやっていた。奴は純粋だったのかな。俺同様に弱かったのかな。いずれにせよ、奴は俺に頼ってきた。精神的にね。だけど俺は、うまいことといって、奴をのらりくらりと交わしていたんだ。そうしながら、奴の金でネタを買って、一緒に楽しんでた。最低だろ。俺は奴のことを何も考えていなかったんだろう。そんな時、奴は死んだ。だけど俺は相変わらず走りつづけた。手を変え品を変え、シャブをやりつづけた。しかし、いつかはくるのがわかっていた。行き止まりのどん詰まりがくるのがね。でも、何も見ずに考えずにここまできちゃったよ。本当はもう五日も寝てないんだ。頭がおかしくなりそうだ。正直、どうしていいのかわからない。どう懺悔したらいいのか……」

「哀れなもんだ。今のお前には懺悔する資格もないよ。先ず、お前が生きてるのかどうか確認してみるんだな」

オヤジは淡々とつづける。

「カナビスの言うとおり、少しリラックスすることだ。ここにはいろんな奴がくる。お前さんよりもメチャクチャな奴もたくさんいるよ。しかしな、ぬるま湯のような日本には、悪いがあんたくらいの中途半端なのがたくさんいるんだろうな。どっちにも振り切ることができずに途方に暮れてる連中がな」

早見はますますうなだれている。

「早見、何もお前だけを言ってるわけじゃないんだよ。俺は仕事柄、世界中のドラッグ事情を大方把握してるんだ。その中でも日本のシャブの状況は日本独特だってこともわかる。多くの連中はお前ほどではないが、中途半端にシャブに手を出して、やめられないでいるんだ。他の国のように、トリートメントセンターのような公的機関もないし、あるとしても、病院の精神科で向精神薬などを大量に与えて、結局は薬漬けにするくらいしかないだろう。一番途方に暮れているのは、興味本位で手を出してやめられないでいる主婦や一般人なんだよ。そんな連中こそが、シャブを売りつけるには最高な客だといえる。それこそが問題だ。日本人はドラッグのことをしらなさすぎる。日本社会にすでにドラッグが蔓延していることから目をそむけている結果だよ」

このオヤジ、どこまで詳しいんだ……早見はオヤジに圧倒されながらも、信頼できる何かを感じとった。と同時に、急にからだ全体に疲れが広がっていった。おそらく大麻を吸ったことで、覚せい剤で緊張して強張っていたからだが弛緩しはじめているからだろう。

今まで気づかなかった筋肉や筋の硬直がはっきりとわかる。早見は大きく伸びをしたり、首筋を伸ばしたりしはじめた。オヤジは大きなコップにミネラルウォーターを注ぎ、早見の前に置いた。

「どうだ、リラックスしてきただろう。さすがに5日寝ないのはきついはずだ。脳みそもオーバーヒートしてるだろう。もう少しここでリラックスするといい」

大麻は石油繊維産業にとって障害だった

「ありがとう」

早見はそう言うと、コップの水をごくごくと飲みはじめ、半分ほど飲んだところでテーブルに置いた。

「ふーっ。からだが自然に戻っていく感じがするよ。実はいつも思うんだけどさ。シャブやっている時はあまり大麻を吸いたくないんだ。シャブをキメて、気を張り詰めてバリバリ仕事をしていると、大麻が邪魔な感じがしてね。だけどこうして大麻を吸うと、シャブによって疲れ切っている自分のからだを感じることができるんだよ。『あーっ、シャブやめなきゃなー』なんて、正直、思うこともあるんだ。俺も現金なものだよね」

「俺は別にどんなドラッグをやろうがそいつの自由だと思っているから、何とも思わんがね。しかし、休息は必要だ。日本のシャブのプッシャーも、大麻かハッシシ（大麻樹脂）は扱ってるだろう。だから、シャブを使ってる奴は数回に一度はリハビリだと思って、そのプッシャーから大麻を買って吸ってみることだ。それによって自分の体調も再確認できるし、心の調整もできる。俺は、日本でシャブを使ってる奴に、強くそれを勧めるね。どうせどちらも日本では禁制品だが、精神科でもらうろくでもない薬よりはよっぽど役に立つしからだにいい。大麻を吸った後は、熱いシャワーでも浴びて寝ることだ。そして、食べる。そこらへんは、早見も十分わかってるよな」

「ああ。でも大麻をうまく使ってシャブをやりつづけようなんてことは、少なくとも今の俺にはできないな。俺はドラッグを、仕事をするために利用してしまう。すると、いつの間にかバランスが崩れていってしまう」

「そうだな。すべてのドラッグ、精神変容物質は、利用するものではない。身をゆだねるものだ。そうすることによってメッセージを受け取り、己の魂の道標《みちしるべ》にする。しかし、それは命を懸けていく旅でもある」

「しかし俺は、ドラッグに身をゆだねることにはどうしても抵抗があるんだ。スピリチュアルを盾にして生きていくことにはどうしても抵抗があるんだよ」

「その通りだ。もうすでにこの世界は転換している。俺もお前も、精神性を高めるだけでなく、現実世界でも地に根を張って生きていかないといけないんだよ。しかし、そんなことは大昔からやっていることだ。実は、世界が精神世界に急激に傾倒したのは20世紀後半からのことなんだ。その背景にあるのは産業革命からはじまった物質主義の揺れ戻しにすぎない。この宇宙の本当の姿は、太古の昔から、すべてのことが同時にこの空間でおこなわれているということだ。早見、見失うなよ」

オヤジの言葉を聞いて、早見は小さく頷いた。そして、首筋を左右に伸ばしながら、

「しかし、大麻はリラックスするな。心の扉が開いたような感じだよ。なぁんて、ちょっとメルヘンチック？」

久しぶりの早見節がでて、皆に笑いがこぼれた。

「そうだよ。ガンジャは神の草なんだ」

カナビスの少し得意げな言葉にオピウムもつづく。

「そうだな。ジャマイカでもインドでも大麻は神の草だな。日本でもそうだろ？」

「日本でも？　だって大麻はマリファナだろう」

早見は何もしらないようだ。そこで、日本の大麻事情について、筆者から少し説明させてほしい。

確かに大麻はマリファナである。しかし、同時に大麻は日本では一般に「おおあさ」、あるいは「麻《あさ》」とも呼ばれてきた。現在の日本の繊維業界では、麻というと主に亜麻（リネン）や苧麻（ラミー）などを指すが、戦前までは一般的に麻といえば大麻のことであった。英語では、嗜好用や医療用に用いる場合は主に「マリファナ」と呼び、繊維や燃料など産業・工業用に用いる場合は「ヘンプ」と呼ばれる場合が多い。

日本において大麻は、古来から衣服や燃料や食料など幅広く用いられた。生薬としても、喘息や鎮痛、鎮痙、催眠剤などに使用されていた。大麻は日常生活になくてはならない植物だったのだ。その歴史は縄文時代にさかのぼり、神道では注連縄《しめなわ》や神社の鈴縄、お祓いをおこなう際の幣《ぬさ》なども大麻の繊維を用いていた。大麻は罪穢れを払うものと考えられており、神社のお札は「神宮大麻」と呼ばれ、もともとは種のついた麻の穂であった。そのための代金は「初穂料」と呼ばれていた。天皇の即位の儀式である大嘗祭《だいじょうさい》には、古式にのっとって織られた大麻の衣服が重要な役目を果たしている。つまり、大麻は日本では稲と並んで最も重要な植物の一つだったのだ。しかし麻は、第二次大戦後、米国を中心とした進駐軍（ＧＨＱ）の指示によってつくられた新たな法律によって厳しく規制されることになった。それが大麻取締法である。この法律により、１９５０年には、大麻栽培従事者は2万５１１８名、耕作面積は４０４９ヘクタールであったが、２０１０年には従事者は50名、耕作面積は５・５ヘクタールに激減してしまった。

ＧＨＱは、大麻を取り締まるにあたり、大麻が有害であるということを理由としてきた。しかし、戦後の様々な研究の結果、その理由は別にあることがわかってきた。

20世紀初頭のアメリカは、当時主流だった植物由来のレーヨンなどの合成繊維の市場では欧州や日本に大きく後れを取っていた。そこでアメリカは、新たな原料をもとにした新素材の開発に力を注いだ。その原料とは石油だった。当時のアメリカでは、自国のテキサスなどからも、石油は潤沢に採掘されていた。

アメリカ政府は産業資本家たちと協力しながら研究を重ね、１９３６年、化学会社のデュポン社が石油を原料とした新繊維である「ナイロン」の開発に成功した。そして20世紀後半に向けて、アメリカはナイロンと石油による経済覇権を目指したのである。大麻や木綿のように生産の手間がかからず、自国でも採れる豊富な石油を原料にしたナイロンやプラスティックなどの石油化学製品は、新興国アメリカの科学技術の結晶だった。

その他にもデュポン社は、主に大麻などからつくられていた紙を、木材パルプを原料として製造する技術も開発していた。20世紀初頭のアメリカのパワー・リーダーたちは、化学繊維や石油エネルギーを消費させる原油ビジネスを基幹産業とした国家体制を通して、世界覇権への構想を実行に移しはじめたのである。

その障害の一つが大麻だった。当時、木綿と共に、大麻は世界中で栽培され、繊維として利用されていたのである。これを禁止し、石油由来のマーケットにすることにより、事実上、アメリカは莫大な利益を得ることになったのである。そして、20世紀のアメリカは日本を従属させながら、石油複合産業を発展させ世界を席巻していった。

大麻はドラッグじゃなくてハーブ

話を戻そう。

驚いている早見に、オピウムは言った。

「日本や中国をはじめとするアジアでも大麻は昔から食料や医薬品として使われている。

中国では1000年以上前から漢方薬として使われているんだ」

「インド地方では、アーユルベーダ（インド大陸の伝統的医学）でも利用されているよ。不眠や鎮痛、消化不良やリューマチなんかに効果的なんだよ」

カナビスが言うと、今度はオヤジがつづいた。

「今では西洋医学でも大麻の効能は認められている。1980年代のエイズ発生以降、大麻による効能が民間レベルから再認識されてきたんだ。エイズや末期癌に対しておこなわれる抗がん剤治療は、強い吐き気を伴い、食欲不振に陥る。そのことが患者の士気と体力を奪っていく。それに対して、大麻を吸うと嘔吐感がなくなり、食欲も増進する。サンフランシスコで多く発生していたエイズに対して、大麻のことをよくしっているサンフランシスコの住人は、自らの経験値から大麻を治療に使用していったんだ。何しろサンフランシスコはヒッピー文化の発祥地だからな。エイズ患者への医療大麻の施用は、まさに奇跡的なギフトだと感じるよ。これをきっかけとして、西洋医学の中で、医療用に大麻を使うことに光が当てられたんだ。

しかし実はそれは、今はじまったことじゃないんだ。18世紀後半には、大麻は医療用としてインドからイギリスを通じて、ヨーロッパやアメリカに伝えられていた。しかし、生薬である大麻による治療は、その効果にむらがあることがネックだった。その後、19世紀になると注射器が発明される。ケシから抽出されるモルヒネや、その後の化学薬品による効能は一定で、その効能は目に見えるものだったからな。しかも、それらの薬品は水溶性だったが、大麻の成分は油性なんだ。だから大麻成分の注射はできなかったんだよ。19世紀から20世紀の科学時代には、植物や自然の力をかりることに対する敬意を失い、むしろ大麻などを使った自然治療を時代遅れでインチキ臭いもののように扱うようになったんだ」

「そのインチキ臭さは、スピ系に対して抱いてきたものに似ている気がするよ」

早見がオヤジの言葉を遮るように言った。

「そうだな。なぜそう感じるかだが、やはりそれは物質至上主義や科学至上主義からきているんだろう。ケミカル物質や外科手術などの発達は、それまでの人間の技術では到底できなかった治療をおこなえるようになった。それによって多くの命が救えたのだから、まるで魔法のように見えたはずだ。

一方、心を見つめ、自然と調和することで自分自身の内なる治癒力を高めてゆく方法は、多くの人に、目に見えない、時代遅れな神の姿のように映ったんだろう。しかし、20世紀を折り返すころには、科学もその輝きを失いはじめる。何かが足りない。人々はそれに気づき、探しはじめた。それが内なる声であり、宇宙の神秘であり、自然との共生だった。その答えを突き詰めていくことをスピリチュアルと呼ぶのであれば、大麻が与えてくれる世界は正にスピリチュアルな世界だ。そして、時代遅れになってしまった物質世界は、精神世界と再び融合しはじめた。その象徴が量子コンピュータであり大麻の世界なんだと俺は思っている」

キッパリと言い切るオヤジ。なにも言わない早見。そして、オピウムが口をひらいた。

「そうだな。大麻には神の世界と俺たちをつなぐスピリチュアルな力がある。その一方で、物質的にも優れている。大麻の繊維には抗菌作用があることがわかり、繊維からとれる良質なセルロースからは植物性プラスティックをつくることができる。繊維をはぎ取った茎の木質部分を使った建材も実用化されてきている。あるいは、大麻の種は食用としても優れた栄養を含んでいるし、そこから得られるオイルは、食用にもエネルギーにもなるんだ。そんなことが、科学の進歩によって再び解明されてきた。今後、もっともっと大麻を利用した産業は発展していくんだろうな」

カナビスも口をひらいた。

「医療にしてもそうだと思うよ。医療大麻は、二百五十種の疾病に効果があるといわれているんだ。オヤジさんが言ったように、世界保健機関（WHO）は、化学療法による嘔吐制御や食欲増進のほかに、喘息や緑内障、抗うつ剤としての効果を認めているし、免疫学的研究もされているんだ。リウマチやクローン病、うつ病や多発性硬化症、月経前緊張症やパーキンソン病など、その効果は本当にひろいんだよ。アルコールやメスやコカインの依存症にも効果がある。だから、欧米は今では大麻を治療のために使っている。

でも、僕たちジャマイカ人やインド人やアジア人や世界中の先住民たちは、そんなことは大昔からしっていたんだ。大麻はドラッグじゃない。ハーブなんだよ」

「大麻はハーブか」

「そう。だから、しっかりとした効果もあるし、からだにもやさしいんだ」

「しかし、実際に欧米ではどんな状況なんだい？」

早見の質問にオヤジが答える。

「1980年代にアメリカのカリフォルニア州で医療大麻の使用が認められたことをきっかけとして、世界が大きく変わっていった。アメリカは大麻に最も厳しい姿勢を取っている国だ。アメリカの支配者は、精神変容物質について調べ切っている。彼らは、それらの物質の効能を研究し尽くしてきた。それは、軍事などの安全保障レベルにおいてもだ。大麻は、ＬＳＤ同様に本当の自由をイメージできる。国家の枠を超えた個人の自由や平和は、彼らにとっては最も危険な思想なんだ。だから奴らにとっては、大麻もＬＳＤ同様に、最も危険な物質だということだ。こんな話は一昔前の20世紀には、単なる絵空事に聞こえただろうが、サイバースペースを通して真実が伝えられはじめた今の世の中では、誰もが納得しはじめているよ。

アメリカという国は実に不思議な国だ。連邦政府が20世紀型ともいえる古くて強権的な方法で統治している一方で、あの国の市民は非常に強い自主独立の精神を持っている。そのため、独自の研究や検証、市民運動や住民投票などをおこないながら、着実に大麻解放運動を前進させた。その結果、今では20州で医療大麻の使用が合法となり、多くの州で嗜好用の大麻の使用も重罪には問われないようになった。そして、２０１２年11月、ワシントン州とコロラド州で住民投票がおこなわれ、同年12月、ついに嗜好大麻も州法で合法化された。この法律は２０１４年の元旦から施行され、コロラドでは少なくとも８都市で24の販売店が開店した。この日の店頭価格は１オンス（約28グラム）当たり４００～５００ドル。密売されていた当時の末端価格の４～５倍の値がついたという訳だ」

「密売価格よりも高いのか」

オピウムが聞き返した。

「そうだ。おそらく最初の取引ということもあっただろうが、品質が良いのと、何よりも合法で安全な環境が、その値段をつけたんだろうな。マリファナ合法化に傾くアメリカ社会の先駆けとなったコロラド州当局はこの時期、マリファナの販売により、年６７００万ドル（約70億円）の税収を見込んでいたそうだ。州の当局は、小規模な小売店も含め、３４８通の販売許可証を発行した。この許可証により1月1日から21歳以上の客に最大28グラムのマリファナを販売することが可能となったんだよ。多少の揺れ戻しはあるにせよ、大麻の有効利用の波は、世界中に広がっているんだよ」

「ヨーロッパではどうなんだい」

早見がたずねる。

「もちろん、ヨーロッパでも状況は同じようなものさ。ＥＵ法では医療大麻の使用は認められている。そして、欧州各国では非犯罪化をおこなっている国も多い。それぞれの国で、法規制の内容が多少は異なるが、ほとんどの国では個人的に大麻を使用することについては寛容な姿勢をとっている。スペインなどでは組合をつくって集団で栽培をしている場所もあるんだよ。南米のウルグアイでは、国そのものが医療用も嗜好用の大麻も合法化させた。これには大きな意味があるんだ。表向きは20世紀初頭にできた国際条約である万国アヘン条約からの流れで、大麻は国際的には禁制品とされている。しかし、ウルグアイは、それすらも否定して、大麻を合法化させたんだよ。この動きの背後には、アメリカの国際力の衰退という一面もあるわけだ」

「大麻の動きは、様々なパワーバランスによって変化していくということだな」

オピウムが言った。

「今は、西洋社会では大麻はほとんどOKだと思っていいよね。最初に西洋人たちが禁止したけど、今は解放の方向だよ。だから僕のうちのコミューンでも、いろんなハーブと一緒に、大麻も育てていられるんだよね。まったく大麻を規制する法律っていうのは、経済優先のバビロンのシステムだよね」

「そういうことだな」

オヤジはカナビスに向かって頷いて見せた。外はいつの間にか暗くなっていた。軒に吊るされているランタンの炎が、テラスのテーブルを照らし出している。

突然、早見が大きく貧乏揺すりをはじめた。

「あ〜〜〜〜〜〜　もうダメだ。イライラする。オヤジさん、アンフェタミンがあるって言ったよな。頼む。やっぱり俺はハヤイのがないとダメだ。大量のアンフェタミンをぶち込みたいよ。オヤジさん、俺にアンフェタミンを分けてくれ」

早見はそう言うと、テーブルの上に覆いかぶさるように、両肘をついた。テーブルが大きく傾き、コップと一輪挿しが倒れた。コップの水はテーブルに広がり、ローソクの炎も消えた。しかし、早見はうつ伏せになったままだ。テーブルの水は、早見の太ももを濡らしていく。早見は激しく貧乏揺すりをしている。

「頼むよ。アンフェタミンでいいんだ。今、ここにあるのをなんでもいいからくれよ！」

早見の悲痛な声はあたりを構わずフロアー中に響いた。

オヤジはじっと見つめている。テーブルの水は流れたままだ。カナビスが、倒れたコップと一輪挿しをそっともとに戻した。

「今のお前に渡すわけにはいかない」

オヤジは早見を見下ろし、静かにそう言った。早見はうつ伏せのまま動かない。しかし、小さく貧乏揺すりをしている。

「頼むよ。一発でいいんだ」

早見は唸るようにそう言った。

「いいか早見、ここでは何をやってもいい。しかし、今はダメだ。自分をコントロールできない者にネタを渡すわけにはいかない。自分自身を始末できる奴でなければ、ネタを扱うことは許されない。これはドラッグの世界では共通の掟だ。そのことはわかるよな」

早見はうつ伏せになりながらも頷いた。そして、ゆっくりと上体を起こした。胸から太ももにかけて、大きく濡れている。

オヤジはテーブルの水を拭き、その布巾を早見に渡した。早見は呆けながら、胸のあたりを拭くような仕草をしている。オヤジはカナビスに目配せをする。すると、カナビスがバッグの中から新聞紙の包みを覗かせた。

「早見、いいか、今のお前はメスのコントロールなんてできない。そんな奴にネタは渡さない。しかし、お前さんはわざわざ東京からきてくれた、うちの大切なお客さんだ。今夜は俺の言うとおりにするんだ。話はその後だ。いいな?」

オヤジがそう言い終わると、カナビスが包みの中から大麻を取り出した。途端に周囲に甘い大麻草の香りが広がる。カナビスはその中の一つを取り出し、丁寧にジョイントを巻いた。オピウムも興味津々である。

「これは極上物だ。香りもいい」

「うん。だって、うちのお父さんと僕らが丹精込めてつくったガンジャだもん。これは、ウィッチ・ドクターのお姉ちゃんに渡すためにつくった、特別なハーブなんだよ」

そう言うと、できたてのジョイントを早見の前に差しだした。

オヤジは早見を見つめながら、優しい口調で言った。

「さあ、それをたっぷりと吸うんだ。そして、熱いシャワーを浴びて、先ずはゆっくり休め。部屋の用意はできている。きれいなシーツと枕で、ゆっくりと寝ることだ。うちのベッドは他とはちがう、自慢のベッドさ」

オヤジはそう言うと、大きな声で笑った。早見は、神妙な眼差しでジョイントを見つめると、カナビスが差し出すライターの火に先端を近づけ、大きく吸い込んだ。

「気にしないで全部いっちゃってね」

カナビスのアドバイス通り、早見は立てつづけにジョイントを吸った。半分以上を一気に吸うと、大きく咳き込んだ。

覚せい剤が切れて苦しんでいる者に大麻を吸わせても大丈夫なのか。そんな心配をしている方もいるだろう。しかし、コカインやアルコール依存と同様に、覚せい剤依存に対しても大麻の医療施用は有効なのである。オランダなどでのドラッグ政策における大麻の解禁は、その理由の一つとして、ハードドラッグと呼ばれるヘロイン、コカイン、覚せい剤に対して、ソフトドラッグと呼ばれた大麻がそれらの離脱に役立つものであるということが認識されていたからだ。日本でも、これだけの覚せい剤患者が潜在的に存在している今こそ、医療用に大麻を使用することを国は認めるべきだと筆者は考えている。

早見はようやく咳が収まった。

「いいよ、もっといっちゃいなよ」

カナビスは早見に、静かに勧める。早見は、もう一度大きく吸い込んだ。

ジョイントの先が灰にならずに真っ赤に燃えている。吸い終わったジョイントを、カナビスは器用に早見の手から取り上げた。早見は再び大きく咳き込むと、椅子の背にもたれるようにして、動かなくなった。

「キマったね」

「ああ、キマったな」

「これだけの上ネタだ。あれだけ吸えば、十分だ」

三人は動かなくなった早見を見つめている。

闇夜の中で、ジャンベドラムの音が鳴り響いていた。

第5章

エピローグ

ウィッチ・ドクター

離脱

夢を見ていた。水の中に沈んでいく。ゆっくりと沈んでいく。そんな夢だった。真っ暗な水中に音はない。鼓動だけを感じる。その中をゆっくりと沈んでゆく。恐怖はなかった。自分のからだと水との境が徐々に滲んでゆく。自分のからだが融けてゆく。その気持ち良さだけが夢を支配していた。夢の中で夢を見ていることに気づいていたけれど、もう少しこのまま水の中に沈んでゆきたい。

そういえば、誰かが覗き込んでいたような気がする。女だった。黒髪のその女は、黒い鳥の羽根を髪に付け、不思議な首飾りをつけていた。無表情に覗き込むその目は黒く、美しかった。あれも夢の中での出来事だったのだろうか。

それにしても眠い。夢の中なのに、恐ろしく眠い。そう思いながら、早見はゆっくりと目を開けた。ベッドサイドのテーブルには、バスケットに入った褐色のクッキーとドライナッツのようなもの、そして、ミネラルウォーターのボトルが置いてある。久しぶりの空腹感。早見はクッキーを手に取り、頬張った。つづけてドライナッツを鷲掴《わしづか》みにして頬張る。その全部を水で流し込む。それを3回ほど繰り返し、やっと空腹が少し落ち着いた。

ベッドに横になったまま、ぼんやりと考えている。あの女、夢の中の女。顔を思い出そうとしたが、思い出せない。少し面倒くさくなった。そして早見は、また眠りに落ちていった。ベルが鳴っていた。階段の下の狭い空間にいた。駅の構内にある立喰いソバ屋だった。ベルは鳴りつづけている。もうすぐ電車は出ていってしまう。妻も娘も笑っている。

しかしそこには、自分の存在など微塵もなかった。遠くで波の音がした。

風を感じた。少しだけ窓があいていて、白いカーテンが風に揺れている。窓の向こうから、波の音が聞こえている。枕から頭を少しだけ浮かせて、光の溢れている窓の外に目を凝らす。波の音は、まだ聞こえている。早見は、この光景だけは夢ではないということに感謝した。

サイドテーブルに置いたiPhoneを手に取る。ここへきて三日目の朝だった。ベッドの中で何度か目を覚ましたような気もしたが、一日近く寝ていたようだ。腹が減ったので、バスケットに手を伸ばしてみる。そして、クッキーとナッツを頬張る。このクッキーは何だろう。

改めて、そのかけらの匂いをかいでみる。緑褐色のそのクッキーは、どうやら大麻と大麻樹脂がたっぷり含まれているようだ。俺はこれを食いながら、寝つづけたというわけか。しかし、うまいクッキーだ。ナッツもうまい。パワーフードというのだろうか。からだの節々が少し痛いが、ベッドの中で思い切り伸びをしてみる。頭には鉛の芯が入っているような重さがあるが、久しぶりにすっきりしている。シャブが切れた後のうつな気分もなく、今までのことを深く考えはじめていた。これも、大麻クッキーの効果だろうか。思考を集中してみる。

俺には、シャブを密輸して売りさばくことなんて、やはりできないだろう。かといって、あのまま東京にいることもできなかった。中途半端な生活は、自分自身もだませなくなっていた。だから、有り金持ってここまで逃げてきた。しかし、日本を一歩出ると、自分のインチキさ加減が丸見えだった。悔しいが、オヤジさんの言うとおりだ。

世の中、心にしみる教訓なんてそうそうあるもんじゃない。ましてや、問題を一発で解決できる方法なんてあるわけがないんだ。心を入れ替える？　そんなことができたら、今の俺なんてありえないだろう。

どこで道に迷ったのか。それを認めるのが怖いから、今まで進んできた。だけど誰かがこうも言っていたな。もしも道を迷ったならば、迷ったところまで戻ることだ、と。きた道を、後ろを正面にして進めば、それは前進だと。つまらない思考など取り払って、そうしてみようか。その時点まで前進すれば、またちがう道も見えてくるさ。

どうせ反省などしても、明日には忘れてしまう。だったらさっさと進むことだ。愛でもいい、恐怖でもいい、欲望の絶頂の時でもいい。魂が震えた一瞬に照らされた道を頼りに、一歩ずつ歩いていくしか方法はない。その中で、もしももう一度家族と共に過ごせたら、それはそれで幸せなことだろう。今はただ、自分の道を、日常を生きていくしかない。かっこ悪いかもしれないが、先ずは身の回りから片づけていくしかないのだ。

通常シャブが切れていくと、精神的に不安定になり、イライラしてうつになったりする。このノー天気な俺にしてもシャブ切れの時はそうなるのだから、普通の人間じゃあ、かなりのうつ状態になるだろう。だから、それを乗り越えるために向精神薬などを使うようになる。しかし、それはかなり危険なことだ。シャブ中から向精神薬依存になってしまう。シャブの変わりに酒を大量に飲むという方法もある。これもシャブをやめる過程においては有効な手段であろう。しかし、これまたリスクが高い。シャブ中がアルコール依存に変わるだけで、そこからさらに離脱する必要がある。

俺から言わせれば、だったらシャブ中のままのほうが、よっぽど手間がかからないと思うのだが、日本の法律ではアルコールは合法ってことになっているから、この方法を使って離脱する連中は少なくないようだ。

代替物質を使ってハードドラッグから離脱しようとすること自体が間違っている、という意見を聞くことがある。離脱するなら、代替物質など使用せずに、きっぱりとやめることだと言う精神科医もいる。ある意味、これは正しい意見だ。俺もそう思う。しかし、そう簡単にいかないから、困ってしまうのだ。

ましてや、こっそりとシャブを使っている連中が、日々の生活になるべく支障をきたさず、ばれないように離脱しようとして、代替物質に頼ってしまうのはしょうがないだろう。シャブをやめた途端にダメージがきて、今までの生活を継続できないというのが、日常生活での一番の恐怖だ。だから、かなりの身体的なリスクを承知で、合法なアルコールに代替えするのも理解できる。

ドラッグは、精神を強く持ってキッパリとやめなければだめだという、いわゆる根性論を主張する人たちがいるが、俺は共感できない。だいたい、シャブもヘロインも、多くのハードドラッグは、意志を弱くしていくクスリである。強い精神依存を抱えて、普通の生活の中でさまよっている主婦やサラリーマンのシャブ中に根性論はどれだけ効果があるのか、正直いって疑問だ。全国にシャブなどのドラッグ中毒から離脱させることを目的とした団体があるが、そこも皆で共同生活をしながら話し合い、精神論で乗り切っていく。それはそれでけっこうだが、俺には合わないしいきたくない。ましてや、それをするには生活を変えねばならない。

そんなことを考えると、やはり、大麻を使用して離脱していくのはすごくいい手段だと、今、俺は実感している。現に俺は、かなりの期間シャブを使用してきたが、今回のシャブ切れの状態はいつものそれとは格段にちがうからだ。

先ず格段にいいのは、精神的にうつになりにくく気分がいいということだ。それは、今俺が海の近くの美しい環境の中にいるということも要因の一つだろうが、大麻を使用することで、心身共にリラックスできているということが大きい。大麻による穏やかな精神高揚作用が、ダウンしそうになるシャブ切れの心を十分に癒してくれている。それと共に、身体的には、凝り固まっていた筋肉や筋がほぐれてきて、疲れが無理なく取れていく。しかも、寝ている間に食べていたパワーフードは栄養満点なのだろう。十分に水分を取りながらの睡眠は、離脱のスタートとしては完璧だ。なによりも、このクッキーに入っている大麻と大麻樹脂はかなりのハイクオリティだ。ウィッチ・ドクターの彼女によるものであることは、間違いないだろう。久しぶりに健康を取り戻していることを、俺のからだと心が喜んでいるのがわかる。

そして、大麻による離脱のもう一つの利点は、くよくよしないで前向きに未来を見つめられるということだ。精神的なコントロールについては、もちろん個人差がある。俺みたいなノー天気野郎だからこそ、ここまで前向きに考えられるのかもしれないが、とにかく俺は今、超前向きだ。

もともと後ろ向きな人や、消極的な人もいるだろう。そんなことが原因でシャブに手を出す人もいる。だからこそ、人しれずシャブ中になって、日常の中で路頭に迷っている人も多いだろう。そんなすべての人たちが大麻を使用することで、簡単にシャブと手を切ることができるとは俺も思わない。しかし、もしも俺がシャブ中やハードドラッグから離脱するようなセンターをつくるとしたら、必ず医療用に大麻を使用するよ。俺はまだまだ勉強不足だけど、欧米のそのような施設では、公認非公認含めて、大麻を使用しているそうだ。おそらく彼らは、どのような場面で使用し、患者のメンタルをどのようにケアすべきかも研究しているはずだ。何でもかんでも耐えて忍んで克服することがいいとは思わない。そりゃあ、大きな決心をする時には試練を伴うこともある。しかし、ドラッグ依存患者に対して、「お前が快楽に溺れた結果なんだから、辛くても我慢するのが当たり前だ」という考え方は、治療というよりも罰の要素が強い。だって仕方がないじゃないか。さっきも言ったように、シャブは強い精神依存によって意志を弱くする効能があるんだから。

思いつきだけど、俺、シャブ中のために、大麻や自然のハーブなどを使った、ドラッグのトリートメントセンターをつくってみたいな。温泉なんかあるともっといい。とにかく気持ち良く過ごせる場所を提供したいよ。今、俺がいるこの場所のように。そう考えると、オヤジさんやオピウムやカナビス、そして、ウィッチ・ドクターのお姉ちゃんに感謝だなぁ。

そういえば、オヤジさんが過激なことを言ってたな。日本でシャブを使ってる奴は、数回に一度はプッシャーから大麻を買って吸えって。どうせ同じ禁制品なんだから気にすることもないだろうって。リハビリだと思って、たまには大麻を吸ってみろっていう意味なんだけどさ。確かに一理あるよ。大麻を吸うと、今の自分のからだと心のコンディションがわかる。そして、自然治癒力が高まっていくようだ。一見過激だが、あの意見もアウトローらしい自己防衛の考え方なんだろうな。

早見はもう一度大きく伸びをすると、ベッドからのろのろと起き上がり、そのまま洗面所に向かった。そして、熱いシャワーを浴びながら考えていた。

彼女は俺に向かって何か言ってたような気がする。意識を集中してみる。何を言っていたのだろう。俺を見下ろしている、黒髪と黒い羽根の髪飾りが揺れているのが見える。無表情で不機嫌そうにも見えるが、少しだけ微笑んでいるようにも見える。彼女は俺に向かってゆっくりと語りかけている。俺は、ぼんやりと彼女の口元を見ていた。シャワーを止めた。その時、彼女の言葉を思い出した。

「今のままで大丈夫だよ」

そうだ、彼女は確かにそう言った。

「ダメなことなど何もない」

とも言ってたな。

バカ言ってんじゃないよ！ 俺、シャブ中だぜ。今のままでいいわけないじゃん。それに、ダメなことだらけだよ。ダメダメ、今のままじゃだめでしょ！

それとも俺がまったくわかってないのか？ いや、わかってなくてもそんなことはどうでもいい。とにかく今のままじゃダメなんだ。だから俺はこれから、一つずつ問題を片づけていく。でもそれだけじゃ、どうせ飽きて投げ出してしまうだろう。そのためには、何か楽しいことが必要だ。人生を楽しくしてくれる、力を与えてくれる道標が俺には必要なんだ。

シャワーから出て身支度を整えると、ライティング・デスクの上の封筒が目に留まった。
早見は椅子に座り、封筒を手に取った。

封筒の表には、そう書いてあった。

『I'm Here』

触ってみると、何かが入っている。封を開け、手のひらに封筒を傾けてみる。すると、無数の粒が手の上に零《こぼ》れ落ちてきた。それは、たくさんの大麻の種だった。早見は手のひらから零れ落ちていく大麻の種をじっと眺めていた。これは彼女からのメッセージだ。早見は直感的にそう感じた。

俺は決心した。この種を持って帰ろう。成田で没収されないようにして、この種を日本に持って帰ろう。そして、いつの日か、日本で大麻が合法になったとき、この種を発芽させて、俺のように中途半端なシャブ中に吸わせてやるんだ。もちろん医療目的で。そのために、俺は日本で働きかけていこう。それがどんな結果をもたらすかわからないが、どうせお釈迦になりかけた人生だ。それくらいのことはやってやろうじゃないか。そのために、しっかり生活もしていこう。仕事も家族もメチャクチャにしてしまったけど、一つひとつ片づけていこう。そうするしか先に進む道はない。大丈夫。そのうちなんとかなるさ。

早見はそう決心すると、急に心が軽くなった。

「よっしゃ！　大麻でいっちょやったるか！」

そうひと言叫ぶと、猛烈に腹が減ってきた。

下にオヤジさんもいるだろう。うまい飯を食わしてもらおう。作戦はそれからだ。

早見は、椅子から立ち上がると、力強くドアを開けて、部屋の外へと出ていった。

おわりに

†ドラッグ漬けの舞台制作者はどうやってドラッグをやめたか

そもそも本書執筆のきっかけとなったのは、

「ドラッグにも品格があるのではないか……」

という自問からなのだが、なぜそんな突拍子もないことを思うようになったのか、ここで経緯を述べておきたい。


僕の仕事は、音楽、演劇、舞踏、オペラなど、芸術家たちのライブ活動の「場」をつくる舞台制作だ。舞台制作者というと、アーティストや企画者から依頼を受けて、コンサートホールなどを予約し、音響や照明や大道具スタッフを集めて公演をおこなう、というのが一般的な理解だろう。僕の場合、もう少し内容にかかわることが多い。企画を考え、出演者やスタッフに声をかけ舞台作品をつくったりもする。

いずれにせよ舞台制作者は、一つの公演が終るまではものすごく忙しいが、次の公演の準備がはじまるまで自由なので、まとまった休みもできやすい。

その休みを利用して、20代のころから頻繁にいろいろな国を訪れた。これまで、アメリカ、カナダ、ジャマイカ、タイ、インド、中国、フィリピン、フィジー、ネパールなど20カ国ぐらいはいっただろうか。

訪れるたび、なぜか僕は現地の特定のジャンルの人々から「用意してあるよ」などと声をかけられ、様々なドラッグや精神を変容させる植物などを試してみないかと誘われた。

ボードレールやバロウズ、シド・ビシャスや太宰治が好んだアヘンやヘロイン。エリック・クラプトンは『コカイン』という名曲を歌った。坂口安吾や林芙美子はヒロポンと呼ばれていた覚醒剤を好み、執筆活動をつづけていた。LSDはビートルズに『イエローサブマリン』をつくらせ、インターネットやアップルコンピュータを生みだしたサイケデリック・カルチャーとも相性が良く、21世紀のライフスタイルにも大きな影響を与えつづけている。

それぞれのドラッグによって生じる効能が芸術家たちの感性を刺激し、作品をつくりだしたといっても言い過ぎではないだろう。

芸術家のライブ活動に欠かせない舞台制作を仕事にするぐらいだから、僕は芸術家たちに興味があった。そして、彼らの作品はもちろんだが、彼らのイマジネーションの源泉ともなった精神変容をもたらす物質にもたいへん興味があったのだ。

そんな僕のことをしってもらえれば、特定のジャンルの人々（ようするに、売人）から薦められるまま、様々なドラッグ（大麻草、ヘロイン、コカイン、覚醒剤にＬＳＤ、アヤワスカやペオーテ、キノコやダチュラやサルビアなど）を摂取したとしても、そんなに不思議なことではないと思う。

しかし、今考えると、出会ってほんのわずかしか経っていない売人から勧められたものを、警戒することなく次々に摂取するなんて、当時の自分の貪欲さ加減に呆れるばかりだ。

これらの体験がきっかけで、僕の20代から40代初めの間は、ありとあらゆる種類のドラッグを摂取し、それらがもたらす精神変容の面白さをじっくり味わった。また、世界のドラッグ愛好者たちと交流するため、舞台制作の仕事がひと段落したら、いそいそと、

「今度はどの国にいこうかな……」

と国外脱出計画ばかり練っていた。

そんな生活をつづけていると、当然、次の国外脱出まで我慢できなくなり、日本でもドラッグを摂取するようになってしまった。そして、もう10年以上前になるが、42歳の時、僕は覚せい剤取締法違反（使用罪）で逮捕された。懲役1年6ヶ月、執行猶予4年。これを機会にきっぱりドラッグをやめたのは、逮捕されたからではない。

その理由は、覚せい剤中毒だった友人の死と彼の家族の崩壊だった。もちろん、20年にわたるドラッグとの関係を絶つには相当な苦しさがあったが、友人の遺言を聞いた僕の決心は固かった。どんな遺言だったのか、読者は興味を持つと思うが、ここで詳しく話せるほど心の整理はついていない。だからひと言、僕がどうやってドラッグをやめたのかだけ言おう。

それは、アルコールの中毒になることだった。つまり、いったん日本で合法なアルコール中毒になって、日本では非合法なドラッグと決別し、最終的にアルコール中毒からも離脱する……このような段階を経て、ドラッグをやめたのだ。

今になって思うと、まったくおかしな話だ。アルコールだって、科学的には最も危険なドラッグの一つであるにもかかわらず、そんなプロセスを踏まなければならないなんて。とはいえ、ドラッグ漬けの僕を治療してくれるところなんてどこにもない。やむをえず挑戦した荒療治だった。

†ドラッグと人生観には密接なかかわりがある

話を元に戻そう。

本書を最後まで読んでくれた人はもうわかっていると思うが、ドラッグは種類によってまったく効き方がちがう。だから、ある人がどのドラッグを選び摂取するかということは、その人の精神変容の好みはもちろんだが、実は人生観が決め手だったりする。

「ドラッグと人生観には密接なかかわりがある」

ドラッグ未経験者にとっては意味がわからない言葉かもしれない。

しかし、これは、僕自身の経験と、今までに出会った精神変容愛好者たち＝「ドラッガー」との交流の中で気づいたことだ。

何かの目的を達成するために摂取する、苦しさから逃れるために摂取する、精神変容そのものを楽しむために摂取する……手段は同じでも、目的がちがえば、選ぶドラッグも異なるし、効き方（精神変容の内容）もぜんぜんちがうのだ。

ちなみに、今、僕は彼らを「ドラッガー」と呼んだが、これは僕が勝手につけた名称だ。果たして、そんな言葉があるのかどうか、わからない。

通常、精神変容愛好者は「ジャンキー」と呼ばれるが、僕の出会った人たちは、ジャンキー（ドラッグに支配され、日常生活を送るのに支障がある人）にはまだなっていない、一歩手前のドラッガーのほうが圧倒的に多かった。

彼らはほとんどの場合、旅人だった。様々な国を旅する彼らは、地域の文化に触れ、その土地のドラッグを楽しむ。そして、同じドラッグを求める者同士は国籍や性別に関係なく、お互いすぐに打ち解ける。それは、ドラッグを通じて得られる内面性を共有しているからなのだろう。

ドラッグが文学や音楽などの芸術と同じフィールドを共有しているとしたら、そんな側面があるからなのだと僕は思っている。そして、彼らの多くは、好奇心旺盛で、行動力があり、人の心を敏感に感じ取ることができる、愛すべき人間たちだった。

ドラッグは、使用者の芸術表現やファッション、思考、行動に強い影響を及ぼしていく。つまり、その人の人生すべてに影響を与えていくのだ。ジャンキーではないドラッガーは、それぞれのドラッグが発するメッセージを自らの肉体を通して発信しているともいえるだろう。

そんなこんなで、僕は、同じドラッグを摂取しているドラッガーたちには、似通った思考や行動パターンがあると思うようになった。では、異なるドラッグを摂取しているドラッガーたちはお互いをどう見ているだろうか？

　そんな疑問が僕の中で生まれた。そこで、注意深く、彼らを観察することにした。すると、面白いことがわかった。たとえば、ヘロイン使用者と覚せい剤使用者は、お互いを明らかにちがった人種と見ていたのだ。実際、お互いの人生観、仕事観、セックス観など主義主張が驚くほど異なっていた。そして彼らの多くは、自分の摂取しているドラッグによって、自分がどのような性格になっているかということも把握していた。

　ドラッグによって性格が変わる。それはまるで、ドラッグに品格があるかのような考え方だった。


　ここまで、僕が、「ドラッグに品格はあるのか、あるとしたらどんなものなのか」、そんな疑問を抱くようになった経緯をざっと述べたが、もちろん、本書を最後まで読んでくれた読者の中には、

「ドラッグに品格なんてない。あったとしても品質。百歩譲ってあったとしても、最低な品格だけだ」

　と言う人は多いだろう。

その意見はそれでかまわない。
ただ、僕は、本書に登場した各種ドラッグ使用者たちの会話を通じて、読者が、ドラッグの特性と本質について少しでも触れてくれたとしたら、ささやかながら目的を達成したかな、と思う。

話は変わるが、僕は今、大麻取締法の改正運動にかかわっている。本書にも記したが、日本では戦後の法改正によって、大麻草の所持が厳しく制限されている。そのため、違反者は最高で十年以下の懲役または三百万円以下の罰金刑に処せられる。しかしながら、懲役という重罰に処せられる法律があるにもかかわらず、国は大麻草の有害性を含めた検査を一度もおこなっていない。戦後に制定され、多くの違反者が刑に処せられているにもかかわらず、その有害性の有無についてのしっかりとした議論すらなされていないのだ。

その一方で、この法律の制定を促した欧米諸国では、医療用や嗜好用としての大麻の利用を法律で認めはじめている。２０１４年1月には、米国のオバマ大統領が、米誌『The New Yorker』のインタビューで大麻合法化について聞かれた際、**「大麻は長年吸っていたタバコと大差ない。アルコールよりも危険が大きいとは思わない」**との見解を示した。アメリカ連邦法ではマリファナはいまだに禁止されているが、多くの州法では医療のための使用が認められている。この現状をみると、連邦法もいよいよ改正せねばならない時が近づいている。つまり、日本でも大麻草について、しっかりと議論しなければならない段階にきているということだ。

大麻は麻薬ではない。大麻はハーブである。その一方で、アルコールやシンナー、そして一部の脱法ドラッグは、覚せい剤やヘロインと同様に危険な物質である。様々な思惑と情報が錯綜する社会の中で、何が真実かをしることは重要である。それは、原発問題と同様である。今、自分たちがどんな状況に立っていて、どこへ向かおうとしているのか。そんなことを見据えるポイントの一つとして、ドラッグ問題を捉えるのも有効な手段だと僕は思う。

この原稿を執筆している日々の中で、世界中から様々なニュースが飛び込んできた。アメリカ各州での嗜好大麻容認への動き。以前は「ダメ。ゼッタイ」の一点張りだった日本のマスコミの、大麻報道へのスタンスの変化。そして、極めつけがオバマ大統領による前述の発言だった。僕は原稿を書き進めながら、世界は大きく変革しているとリアルに実感し、その間におきた様々なシンクロニシティに静かに興奮していた。

どうやら僕は、新たな一歩を踏み出せたようである。

最後になったが、本書の企画の段階から一緒に走りつづけてくれたフリー編集者の野口英明さん、登場人物たちを描いてくれた星乃清乃さん、ビジネス社の唐津社長、岩谷さん、そして何より、最後までおつき合いいいただいた、あなたに、感謝を申し上げます。ありがとうございました。

平成26年3月

長吉秀夫

著者：長吉秀夫（ながよし・ひでお）

1961年、東京都生まれ。明治大学政治経済学部卒。幼少より江戸葛西囃子を習得し、祭り文化への興味を深めていく。大学在学中より、舞台製作者として、内外の民俗音楽・舞踊やロックと出会い、全国津々浦々をツアーする日々がつづく。その傍ら、ジャマイカやインド、ニューヨーク、ツバルなどを訪れながら、精神世界やストリート・カルチャーなどをテーマに執筆。著書に、『タトゥ・エイジ』(幻冬舎)、『不思議議旅行案内〜マリファナ・ミステリー・ツアー〜』(幻冬舎アウトロー文庫)、『大麻入門』(幻冬舎新書) がある。現在、大麻合法化に向けて、大麻についての正しい知識を広めるためのセミナーやイベントなどを開催している。

ドラッグの品格

2014年4月20日　第1刷発行

著　者　長吉秀夫
発行者　唐津　隆
発行所　株式会社ビジネス社
〒162－0805　東京都新宿区矢来町114番地
神楽坂高橋ビル5F
電話　03－5227－1602　FAX 03－5227－1603
URL　http://www.business-sha.co.jp/

〈原案・編集協力／著者エージェント〉野口英明　〈イラスト〉星乃清乃
〈カバーデザイン〉中村　聡　〈本文組版〉沖浦康彦
〈印刷・製本〉モリモト印刷株式会社
〈編集担当〉岩谷健一　〈営業担当〉山口健志

ISBN978-4-8284-1750-9

ビジネス社の本

悪法!!「大麻取締法」の真実

「金の卵」を意識的につぶしている
実情をぜひ知ろう

船井幸雄──著

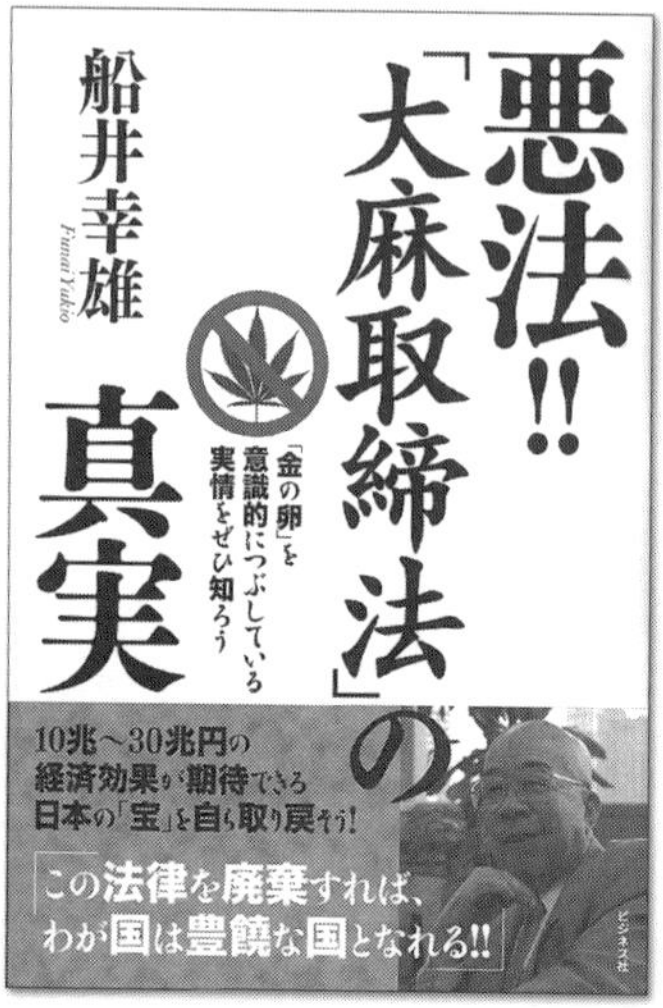

10兆～30兆円の経済効果が期待できる
日本の「宝」を自ら取り戻そう!

本書の内容

定価:本体1500円+税
ISBN978-4-8284-1675-5